JN188264

客家文学的珠玉 4

利玉芳詩選

利玉芳

池上貞子 訳

未知谷

解説・太い幹の沈黙

杉本真維子

膨大な詩篇がつまったこの本の冒頭からは、うつむいて自らの手相を見ている詩人のすがたが浮かぶ。手のひらの川状の線を辿りながら、これまでの生を確かめ、故郷と自分とを結ぶ、目には見えない線を、ひとり探っている。

この「手相」という詩がもつ、プライヴェートな暗がりは、利玉芳という詩人の本質を象徴し、その意味で本書の幕開けにふさわしい作品に思える。詩篇数の多さが与える、一見賑やかな印象に反し、利玉芳の詩は、その沈黙において際立っているからだ。

沈黙とは、すべては言わない、という、言葉に対する踏みとどまり方のことである。何かが明かされるあと一歩のところで、詩人はおもむろに詩を閉じる。あるいは、さっと隠して、別の言葉に置き換える。詩のなかに出てくる人物も、新聞で顔を隠していたり、口を閉じていたりと、示唆的だ。

このことは、初期詩集から現在まで変遷する作風のなかでも、一貫していえることだと思える。当初、私は、読み終えても詩の中心に触れられないような、消化不良を覚えた。最終行に行き着いても、自分がどこへ降りたのかわからない。一篇を読みおえたのに、なぜか中途で放り出されたような孤独も感じられた。結果、何があるのかはわからないが、何かがある、という気配だけが濃厚に残る。

たとえば、次の詩は、利玉芳が日本を旅行した際、石川県から来た宮村栄さんという方に付いて、注連縄作りを体験したときのものだ。出来上がった注連縄に祈りを込め、直後、このように詩が閉じられている。

しめなわという小さな工芸品が
私の身に霊験をあらわした

朝まだき　イナゴの幼虫に化身した先祖が
朝露に身を浸してしめなわの上に字を書き
またたく間に　稲妻のごとく消えた

（60「注連縄 Shimenawa」部分）

一読、何の変哲もないように思えるが、しめなわの上の文字が何であったかは、書かれていない。まるで先を急ぐように「字を書き」とだけ書いた詩人の心に、なぜか私は突き動かされた。先祖が書いた文字は、自らのなかでのみ温められている。言葉にしなくても、たしかにここにある、ということへの強い信頼が、書かないという選択を可能にするのだろうか。

2

ほかにも、言える、言えない、の狭間を、ストレートに語っている詩も多々ある。短い引用になるが、いくつか挙げる。

閨房は独立していて
入口に簾がかかっている
簾のなかでなら　心で思っていることを話せる

（39「簾のなか簾のそと」部分）

光沢のある口紅を塗った唇を
ぎゅっと閉じたまま
言えないでいる

（17「愛染橋の上のもの思い」部分）

それから冷く沈黙する広野に向かって
ひと声叫び声を抛ったのを
それは私が長いあいだ隠していた声だと気がついた

（98「猫」部分）

さらに、次の詩では、主語になるべき人物をそっくりまるごと「小さな白い花」という言葉へずらしている。その隙間に、ひそかに隠されるものがあるようだ。

年若な女店員が小さな白い花のえくぼを浮かべ
親しげに私に訊ねた
どちらの国からおいでですの
周期的にもたらされる生理痛を
懸命にこらえながら
私の国の名を答えた
（私は台湾という国を知っているわよ）
微笑みの小さな白い花は知っていた

（16「小さな白い花は知っている」部分）

小さな白い花は店のロゴマークでもある。読みようによっては魅惑的な謎を孕む作品で、最終行の「知っていた」の主語が、年若な女店員ではないところに注目したい。「微笑みの小さな白い花」が主語、つまり、女店員の唇の横の「えくぼ」が知っていたのだという。人物とそのえくぼに「小さな白い花」という形容をかぶせることで、言葉を放つ唇からできるだけ遠いものを指そうという意図がうかがえる。

これら言葉への慎重な態度から、台湾の複雑な歴史について、私は考えずにはいられない。おそらく台湾人の誰もがそうであるように、利玉芳が、歴史のなかで、今自らが立つ場所を思うとき、その身体はアイデンティティーの危機的な揺らぎとともに、足元から大きく揺らぐ。「わたし」や「父」や「台湾」を語ろうとするとき、詩人であればこそ、言えることだけを見極める力を、自らに厳しく課すだろう。言えないことは無理に掘り起こさず、闇に置いておく、という態度は、自身のうちで葛藤はあるにせよ、何も語らずに死んだ父への愛情と繋がるものかもしれない。

　最初のほうで、私は、詩の着地点が見えない、という意味のことを書いたが、台湾人のアイデンティティーは、そもそも着地する場所を持たない、ともいえる。長い植民地支配を経た今、個人に降りかかる問題が膨大に複雑に絡まりつつ、個人を逸れ、宙吊りのような心もとなさを抱えている。

　しかし、そのことをだけを書くのであれば、詩である必要はたぶんない。事実に基づいた詳細な記述なら、むしろ散文のほうがふさわしい。利玉芳には、台湾が直面する困難を提示するだけでなく、同時に、新たなアイデンティティーの獲得を思わせるような詩がある。そこに私は、注目したいと思った。

　その一つとして紹介したいのが、言わない心の内奥の構造が、詩によって開放されている「ドア」という作品だ。私はこの明るさには驚愕し、めまいのようなものを覚えた。言わない心の内側は少しも鬱屈していないのだ。

長い廊下の両側は
たくさんのドアが閉じたままになっていて
習慣的に他人が開けておいた一つのドアから
出入りする

開けよう
私がすべてのドアを
開けているとき

太陽の光が燃え移ってきて

驚き喜んでくれる　どのドアの内側にも
私の燃えるような目があることを

（85「ドア」）

ほかにも、言葉を内側へ沈め、無言の思考を深めることで、あらゆる問題を自分のものとして引き寄せる力も指摘できる。いわばブーメランのように自己へ戻ってくる批評的なまなざしがある。

たとえば、72「島めぐり　3歌劇場」という作品では、舞台の演者の描写から、突然、最終連で、観客の「おまえ」へと視点が移される。観客は言葉の代わりに、終わらない拍手を送っている。そして、この拍手が演者のためだけのものではなく、観客の「おまえ」のためのものでもある、という認識に行き着いたとき、この「おまえ」が「わたし」となって直撃する。つまり、私は私自身の拍手によって、「自らが荷を下ろしたばかりの労苦をねぎら」っている、という発見に打たれるのだ。

108「同心円」では、同心を別にした二つの波紋があり、自らをその下の動かない岩に喩え、「ワタシは投げ入れたその石／同心ではない湖の底で　沈黙している」と書いている。二つの波紋は、政治的題材を超えて、個人と個人の関係まで包括するような細やかな広がりを持つ。互いにわかりあえない二つの円でも、その脇には「波の花」が咲いている。

枚挙にいとまがないが、とりわけ「エレベーター」という作品が印象ぶかい。私はこの詩が収められた詩集『生きることの味わい』にもっとも注目した。ほかの詩集では、散文的な作品も含まれているが、この詩集は理知と情感の融合の心地良さが際立つ。

エレベーターは、見ず知らずの他人と親密な距離で接触する、無言の空間といえる。利玉芳はその特異さに着目し、身体性から広がる個人の領域、さらには、国家の領域も暗に含ませながら、詩を広げている。面白いのは、自らの腕を樹木に喩えているところで、意味だけに回収されない言葉の強度がある。

私の身体は
混みあう仮面の森に移植されている
右枝でしっかりハンドバックを握り
左枝でちょっとスカートの端をつまんで
黙々と祈る‥
エレベーターよ早くして

（111「エレベーター」部分）


　自らの腕を枝に重ねるというレトリックは珍しくないが、それがエレベーターという空間のなかで書かれるのは利玉芳の独特の感性だろう。

　じつは、詩人が「客家」であることを、私はこのテキストをすでに読み終えた後で知らされたのだが、こういうところに、「客家」であることの意味が受けとれるように思える。失われつつある故郷の自然や、消えていく言語に寄り添い、共生しようとする願いがいくども書かれている。その願いは強靭なもので、都心のエレベーターのなかでのダイナミックな「故郷」の立ち現れに、目を瞠った。

　一つ個人的な感想を添えると、私は以前、エレベーターの祈りという主旨の作品を書いたことがあったので、この詩に「祈り」という言葉が出てくることに少し驚いた。ここでの「祈り」は、早く目的階に着いて、という程度のものであるにせよ、言語を超えた共通の感覚に出会ったような気がしたのだ。エレベーターは、空間を上昇する乗り物なので、天への祈りという行為と、どこか本質的な繋りがあるのかもしれない。

　利玉芳の言葉への慎重な態度によって、内側に隠されたものは、目には見えない。けれども、なぜか瑞々しい光を透かし、読み手の心を微かに照らしてくる。利玉芳というたくましい樹木が、故郷の風のなかで、枝葉を揺らしている。もしその内側にあるものが言葉ではない何かだとしたら、不安から無理に言葉というかたちを求めたり、それによって傷ついたりすることの不毛さを、私たちは一度考えてみるべきだろう。私は、沈黙する樹木の太い幹のように立つ、まったく新しいアイデンティティーに出会った気がした。

最後に、本書は初めての日本語訳詩集であることに加え、版元が明らかにされていなかったので、相談する編集者がいなかった。つまり、このテキストのほか、何も資料が手に入らない状態で解説に臨んだ。結果、純粋に詩のテキストのみで、何が書けるか、という自分への挑戦も含むことになった。日本語訳で読む私は、訳者の労に負うところが大きい。この場をお借りして感謝を申し上げたい。

利玉芳詩選　目次

詩集『燈籠花』より　105

利玉芳詩選

客家文学的珠玉4

translated into Japanese by
IKEGAMI Sadako
Japanese Edition by
Publisher Michitani,
Tokyo, Japan

詩集

『淡飲洛神花茶的早晨

（しずかに洛神花茶を味わう朝）』より

1　手相

（『推理雑誌』二〇〇〇・一）

年寄りが言ったものだ
川状の手相の娘は嫁に行けると

ひそかに喜んだ
わたしは川状の手相の娘だから

下営[1]というこの小さな村に嫁入りしてから
手相をよく見ると
村の北にある急水渓[2]に似ている
それよりもっと故郷の東港渓[3]に

この川状の線は
日夜少しずつ流れて
生命線はまるで母親の臍の緒に繋がっているかのよう
事業線は川の湾曲に沿って泳いでいく
愛情線の川底からはイグサのアルカリ臭が吹いてくる

岸辺には
一束のジンジャーリリーの両想いが漂い
そして土手の上には
ほかにも
ススキ　夕陽　椅子　たちの対話がある

訳注

1　かつては下営郷と呼んだが、現在は台南市に属する区の一つ。

2　台南市北門区を流れる川。
3　屏東県西部、東港鎮の他鎮との境界を流れる川。

2　カウントダウン

（『笠』詩刊第二一五期）

8秒
一匹のコウロギがセンダンの木の下で
クリリーーーークリリと数秒
7秒
厳冬の夜に生まれた娘も
かつて小さな手をしゃぶりながら一九七四年を迎えた
6秒
兵役中の息子は車籠埔断層保存地区の守りについて
　いる
5秒

大学生の末っ子は太麻里[1]へと急ぎ向かっている
ミレニアム最初の光の見証人になろうと
４秒
サギが一声あげて
世紀末の暗い光を見つめている
３秒
口蹄疫を免れた一頭の子豚が
乱暴な咳をしはじめた
２秒
疾走する列車が林鳳営[2]の小さな駅を通過する
１秒
くしゃみを一つ

０秒混乱した世界がとつぜん静まりかえる

１秒
またくしゃみを一つ
２秒
ミレニアム・ベイビーが腹部の傷口から誕生
３秒
天空に色鮮やかなタンポポの花が満開
４秒
花火が消えて白煙になり
もとの歴史の色に戻った
５秒
我先に2000.01.01のスタンプが押され
天灯がゆっくりと空高く上っていく
６秒
巧みな言葉がどっさり燃え尽き
ネガイさんとノゾミさんが納められたことだろう
７秒
わたしはすでに壁に掛けられ

一枚目は破り去られた
誰かがわたしの不可知な日々のために
テープカットをした

訳注
1　太麻里駅は台湾で最も早く日の出が見られる駅で、「迎接千禧年第一道曙光」（ミレニアム最初のご来光を迎えよう）というキャンペーンで有名になった。
2　台南市六甲区。作者の居住地。

3　黒面の媽祖[1]

（『民衆日報』）

ボラが私たちの祖先を引き連れて寒流を避け
台湾海峡[2]を通りかかった
クロツラヘラサギがついて来て
私たちの祖先が中国を離れて苦難を乗り越えるよう
　導き
新たな楽園で越冬することになった
わたしは台湾の情熱的な烏沈香の煙を吸っているうち
三百年あまりで

黒い顔になった
けれどわたしの眼は今なおキンキラキン
心も澄みきっている

わたしのあだ名は　黙娘（モーニャン）
幽黙（ユーモア）の黙
声なき沈黙ではない
わたしは話ができる

一対のポエ[3]は
実はわたしの唇
もしもポエを投げる人が悪人なら
どんな組み合わせで落ちても
わたしの言葉を支配して
わたしの趣意を違えて伝え
媽祖の言葉だから正当だと言いふらす

みんなが喜ぶならそれでけっこう

脱皮した夏ゼミが声をからして鳴いている
ミーン　ミーン

わが黄金の身体は　苦難のなかで中国の手に落ちた
わたしの心まで縛ることなどできるものか

お参り籠を提げて北京のために神銭を焼くのは何の
　ため
間違いのないようはっきり言うが
またきっと態度を変えるにちがいない
万一民主の殿堂に跪くのを恥だとするなら
民意を示すポエ占いによって
決定しよう

変質した媽祖を罷免するかどうかを
ああ！　帰した方がよい
赦された土地に帰した方が
わたしの故郷フォルモサに

訳注
1　航海を守護する女神。
2　原語は「黒水溝」。
3　占いのための、片面にふくらみのある、三日月形の木石または石。地上に投げ落とし、その表と裏の組み合わせにより神意を占う。

4　双流[1]泉湧十四帖

屏東県獅子郷双流森林区遊記
（『台湾副刊』一九八八・十二・三）

1
旅行のために先を急がざるを得なくなった
わたしたちは最後に
双流へ越冬に来たモズの群れ

2
明らかに人工の霧だと分かっている
けれど髪や肌を楓橋にゆだねて
つかの間の朦朧とした幸せのなかに漂い浸ってみたい

3

十月の秋せみが相思樹にしがみつき
しわがれ声でしきりと観光客に話しかける
「お幸せね」

4

月桃という名の母親が
粽を包みながら
乳を飲ませている

5

親切な合歓木の花は
十一月にハネムーンに行く
花嫁を待っている

6

相性の悪いイラノキ[2]とクワズイモ[3]が
平穏無事に
二世紀近くも共生している

7

私は素足でスカートの裾をきつく掴み
青苔だらけの渓流を渡って
滑りやすい人生に向かっていく

8

白榕樹のひげ根が
空中でいつまでもブランコをしている
どんなに泥土を掴みたがっていることか

9

どうしても海辺か平地に住まなくてはいけないのだ
　ろうか
清渓蟹は河をさかのぼり岩にへばりついて歌う
この――勇敢なるパイワン[4]の手足よ

10

保護色をしている枯葉蝶は
今でも相変わらず安易には
この自衛のための上着を脱ごうとしない

11

同情と憐憫を串刺しにしてひと房のバナナにしないで
南大武山[5]のアカゲザルは
まだ略奪食文化に頼らなければならないほど退化し
　てはいない

12

小人は姿を消し
石板小屋に足跡が残るのみ
南蛇（ナンダ）の腹が奇異な燐光をみせてうごめいている

13

アカギの葉一枚ごとに大地の鼓動が伝わって来る
手のひら大のアカギの葉には
大地の紋脈の血が流れている

14

双流瀑布が音をたてて岩を打つ
獅子郷民の豊年祭のトントンというステップのよう
思わず私も全身のぜい肉を振るわせた

訳注

1　屏東県獅子郷にあるレクリエーション・エリア。

2　原文は「咬人犬」。毒性がある。

3　原文は「姑婆芋」。解毒性の芋。

4　台湾南部に住む原住民族の一種族。

5　屏東県泰武郷に位置し、大武山自然保留地区の中にある。

5　橄欖樹

私の心のなかに一本の橄欖樹がある
しっかりとある辺鄙な場所で生い育った
幼名を olive という

olive の葉を口に含んだ若者が
大武山の上を流れる白雲に向かって口笛を吹く
夏の盛り、若い娘が橄欖の緑の傘の下で
平和の鳩の翼を夢見る

私に苦渋の青い実を噛みしめさせてほしい

今はもう純粋の olive 油が精製できる
黙々とキッチンでの役割を守り
野菜サラダの味を引き立てている
OLIVE の甘さはあなたと私の唇と歯のあいだにあ
　って
若い娘の心のなかでも　I　LOVE　U　を抽出する

6　地震が、私の更年期を揺さぶり出す

（『笠』詩刊二一四期）

抑えきれない怒りなのだろうか
不運な結婚写真が
壁から引きずり落とされ
幸せな寝室のなかで粉々に砕けた
九二一大地震*が
ある仲たがいの記憶をよみがえらせる

その夜から
ベッドで眠れなくなった
心が砕け傷つくことを恐れて

ソファにへばりついている
午前一時四十七分になるたび
壁時計が決まって私を叩く

私に地震は制御
できないし　いつまた逸脱／浮気されても
その行ないを防ぐこともできない
永遠に私から離れないでと願っているのに

朝早く目を覚ますと
母親の顔が
知らぬ間に私の鏡の前に立ち現れていた

訳注
＊　一九九九年九月二十一日。台湾中部で発生したM七・六の大地震。

7　神木復活

（『文学台湾』）

一九九八年七月十七日初稿。一九九九年九月二十一日未明一時二十分完成、その後一時四十七分に大地震が発生した

ある夏の日
怒りん坊のかみなり様が
阿里山の神木を直撃した
直撃したのは
いくつもの手がつなぎあって幹の太さを計った偶像
枯れた二代目の木の背中から
また新しい緑が芽を出した
プレートには三代目の木復活との表示

明らかなのは
芽生えた緑は
台湾紅ヒノキの血統ではないということ
それでも確かに助けになっている
なぜなら一時ひれ伏すべき神木を失って
がっかりしている旅人たちの
傷を癒しているのだから

けれど神木は腐りつづけ
風前のともしび

スクリーンのなかの電動のこぎり
バタンという音とともに
神木は鉄道のレールの終点に倒れ伏した

私は筆記用具を背負って
台湾の物語を探しあるき
もう一本の老紅ヒノキの木が
神木の栄誉を継承していることを知った
ああ！　低温の阿里山の朝まだき
神木が復活した
恐れおののいたその瞬間
阿里山大地震が発生した

（『文学台湾』）

8　烏山遺跡*の出土画像

夢にも思わなかった
私たちがパワーショベルの儀式によって
出土の憂き目にあうなんて

ああ！　いったい幾千年過ぎたのかも忘れていた
太陽は昔よりずっと目にまばゆい
私たちの体を覆ってくれる黒森林
その緑したたる着物が
どうして見当たらないのだろう

今日はこんなにも大勢の見物客がやって来た
みんな私たちの子孫なのであろう
もしそうであるなら
私たちが大きな骨盤を持っていることを
誇りに思ってくれなくては

考古学者は
私たちが人食い族だと推量した
もしもそのようであるなら
台湾海峡を渡って来た台湾人には
今でもなお
大中国が残したＤＮＡが
消えていないはず

私たちはただの
博物館に安置された

一点一点の台湾の化石
黒陶甕の破片が
発掘された唯一の尊厳

訳注
* 台南県官田郷華南村烏山頭付近で発掘された遺跡。

（『文学台湾』）

9 詩二編

公園内の芸術

一九九八年七月十六日　嘉義二二八記念公園*を参観して

あれらの羽冠を被った　菅笠を頭に載せた　髷を結
　った原住民たちが
軍人の帽子と　肩を並べている　平等なトーテムがね
歴史事件の入り口に設置されている
四頭の銅製の台湾梅花鹿が
阿里山麓の八掌渓の谷川に群れ集い　同じ源の水を

飲んでいるよ
築山が　視覚の中央に聳え立っている
自主的であることの誇りを頑として譲らず
傷痕の記憶が耐え忍んできたコンプレックスをね
いわゆる光明面の芸術品として軽々しく
展示されまいと
巨額なデザインによって
融合されまいと　がんばっている

訳注
＊　一九九六年、台湾で最初に二二八事件記念館が設立された。二二八事件とは、一九四七年二月二八日に台北で発生し、台湾全土に広がった反国民民衆運動。

霊園の歴史に歩み入る

一九九九年三月白河栄民之家霊園＊を通りかかって

生涯を軍隊に
終身国の為に

それは霊園の両側の碑文だ
行く手の視線を遮っているのは
どうしても彼らを排除せずにはおかないのか
彼らはようやくのこと政治難民を埋葬できる
土地を見つけたというのに
不名誉な歴史は急いで火葬し
汚れ乱れた記憶は墓饅頭を積み重ねて

天にある自分の霊を慰める

碑文の上に光る兵士の涙が見えるだろうか
彼らは風に拭われ消されることを願わない
あなたは何を躍起になっているのか
どうしても彼らを排除せずにはおかないと

私たちは歩きつづける
眼前の風景は
ほどなく歴史に歩み入ろうとしている

訳注
＊　台南市北部の白河にある、退役した国民党の元兵士のための霊園。

（『女鯨詩集』2）

10　福徳街側記

一九九九年三月二十五日　台南

土地神様の福徳伯公は
廟内に座して
夜間野外上映の映画をたっぷり七本見た
土地神は崇拝される苦悶を耐え忍んでいる

芝居はまだ上演中
けれど見物の信徒は一人去りまた一人
残っているのは居眠りしている星たちと
通りでゆらめく燈籠だけ

ただ一つ詩人の窓辺に
台湾文学追求の灯火が
寂しげにともっている

訳注
作者によれば、福徳街に住む詩人とは、『笠』同人であった葉笛（本名、葉寄民。一九三一〜二〇〇六）のことである。

11 木魚とカワヒラ

日月潭の夜明けに記す

（『女鯨詩集』2）

日潭の木魚が
ポクポクポク　ポクポクポク
月潭のカワヒラ[1]の目を覚まさす
腰をひねり　鱗をひらめかせ
クロールのしぶきを上げながら
水沙連[2]の夜明けを打つと
遠くはるかに光華島を超える
その瞬間　湖水に跡を残すことなく

早朝遊泳の魚は　すでに私の瞼の内側に潜入しており
木魚の音も　ポクポクと知らぬ間に　彼岸に届いて
いる

訳注
1　曲腰魚。鯉の一種。
2　台湾中部の旧地域名。

12　台湾最南点

（『中外文学』一九九八・六）

その人は
たわごとばかり言うので
風景から追い出された

あいにく、私の旅行かばんが
やっぱり異質な幻想でいっぱいになって
風景に入り込んだ

マサロ[1]！　台湾最南点
島の恥部よ

マングローブが愛情深くこの一面の緑色の肌を根付
　かせた
南国の湿地は　それなのに
ひび割れ　裂け目だらけ
まるでどっさり子どもを生んだ女の
産道に残った傷跡のよう

台湾最南点
モズが越境する食餌の場所
ここは
澎湃たる波のうねり――フォルモサ――フォルモサ
亢奮を漏らす舞台
ここで
私は恥部の原点にたたずむ
ゆったりした客家服[2]の布ボタンが
どんなに私の体をきつく締めても

それでもなお吸い込みたい
十月に山から吹き降ろす熱い風の鼻息を

わたしの旅行かばんを開けて
カモメを一羽解き放つ
最南地点から飛び立って
レースの淵飾りの青いナプキンを探しもとめ
虹と親しく語るのだ

遠く見はるかしたから
見るともなしに見えてしまった
捨てられたペットボトルやプラスチックのコップや
　破れた漁網が
あからさまに白い砂浜を汚している
カモメはこの窮状を俯瞰したがために

台湾最南点に戻ってきて
私の旅行かばんにもぐりこんだ

原点にたたずむ
私の子宮の内部で
火母[3]はシクシク始まった痛みに耐えかね
一人産もうと考えた
一人われらが島の子
マサロを

原注

1　「マサロ」は屏東南部のパイワン族が使う挨拶用語で、「こんにちは！　いらっしゃい！　あるいは、さようなら」を意味する。

2　「襟ぐりの大きなブラウス」は客家の伝統的な衣服である。ここでは「ゆったりした客家服」とした。

3　「火母」は閩南語で、女性が出産した後、お腹の中（子宮）に残った血の塊を言う。

13　草山月世界[1]

一九九五年五月南化郷[2]金馬寮を訪れる。

上海の奇人は名を隠して孫山と称し
旅行かばんのなかの
故郷の夢を使い果して
黙々と悪土に根を下ろしている

晩春の赤瓦の上には
竹の動画があり
キンケイのトサカが
サンタンカの花と艶を競っている
水辺にはバナナが重なりあい
坂の頂にはマンゴーが累々
山中の鳥の鳴くこと千百回
深夜の夢が草山月世界を巡る

（『笠』詩刊）

訳注

1　台南市左鎮区にある砂岩と頁岩で構成された、青灰岩の地形。

2　台南市にある。生態区園区があり、シラヤ族が多く暮らす。

14　結婚披露宴

一九九六年三月作品

村の女たちはきらきら着飾り
まるでぴかぴかまたたく星が
下界に招かれてきたよう
円卓に
クアツ[1]をかじる音がひびく

つなぎ爆竹も
新郎の家の門口に掛かり
開宴を待っている

ひたいに皺の刻まれたオジサンが
最初の料理を運んできて
こう言う
総統選挙には現職に投票してくれや
でねえと
共産党のやつらがほんとにかかってきて
おれたち台湾はてえへんなことになる

女たちの耳輪が
ちゃりんちゃりんと鳴り
うなずきながら
李登輝[2]コンプレックスの盛り合わせ料理を抓んで食
　べている

訳注
1　瓜子。ヒマワリ、スイカ、カボチャなどを塩炒りしたもの。お茶うけにする。

2　一九二三〜。台湾の政治家。一九八八年、第二次世界大戦前より台湾に居住する台湾人として、初めて総統になった。

15 ライン　詩の旅

（『笠』詩刊第二〇〇期）

一九九七五月　ライン行

1

船は
ミルク色の陽光を載せて
ヨーロッパの風に乗り
私たちふたりを白日の夢の郷へと向かわせる

2

そっとめくれ上がる
ライン川の薄霧のベール
一コマ一コマの動画が

マインツ両岸の若緑の山並みを広げて見せ
力を合わせてぼんやりした絵のなかの
あの曲がりくねった田舎道から抜けだす
私たちふたりのたどる足取りは
調整が必要だろう

3

何度も避けようとした
まばたきもしない凝視
なんと
ローレライの岩を覆っている雪や霜は
あなたの晩春の温情によって
こうして溶かされていたのだ

4

ライン河の水が
かすかにたゆたい
私の幸福の幻影が
ネコ城*の早瀬のなかに落ちて
思わずめまいがした

5

ブドウの木の植えられた河畔の山荘から
はっきりと伝わってくるのは
ボッパルト教会の安らかな鐘の音
思い出すのは一人自転車に乗って
太陽の光を追いかけた寂しい午後のこと
かつて　大武山のふもとで跪いていると
万金教会の鐘の音が響いてきた
心を曝けだし
十字を切った

ただ愛の成就を願う秘密のためだけに
聖母マリアは
私に微笑みを与えてくれた

6

今この時
私たちふたりのマメのできた手が
握りしめる　一杯の山の静けさ
握りしめる　一杯の川の静謐さ
向かい合って飲み合う　バラ色の酒
向かい合って飲み合う　それぞれの風味

7

いつかある日
私たちふたりが俗世の悩みを捨て去ったなら
そうしたら

何百という古い砦は
ただ
また新しく数を増やすだけ
永遠に永遠に
ライン河畔の密林の奥に
隠されたまま

訳注

＊　ブルク・カッツ（Burg Katz）。ライン川下りの名所のひとつ。

16 小さな白い花は知っている

一九九七年五月欧州紀行

（『女鯨詩集』1）

アルプスの麓を覆うように敷かれた
緑の毛氈には一面に
明るく美しい小さな白い花が刺繍されている

国境の役割りを演じている小さな白い花よ
店のロゴマークでもあり
小さな白い花のプリントされたグッズは
それだからこそ価値をもつ
年若な女店員が小さな白い花のえくぼを浮かべ
親しげに私に訊ねた

どちらの国からおいでですの
周期的にもたらされる生理痛を
懸命にこらえながら
私の国の名を答えた

（私は台湾という国を知っているわよ）
微笑みの小さな白い花は知っていた

娘のためのこの手続きを済ませた
三月中旬
石神井川の桜
ふるえるピンクのつぼみが
もの言いかけて止めた

（『女鯨詩集』1）

17 愛染橋の上のもの思い

一九九六年三月東京にて

光沢のある口紅を塗った唇を
ぎゅっと閉じたまま
言えないでいる
「中国デハアリマセン台湾デス」

外国人登録証の申請が終わり
板橋区役所を出る
夕陽が愛染橋の上にとどまっている
私もほっとひと息
無事に

18　松島にてカモメと戯れる

一九九八年七月松島に遊ぶ

爆ぜ米を空中に抛ると
けっして易々と海に落下させることなく
私の不器用な手つきをごまかしてくれるカモメよ
思いきり私と遊んでおくれ

たとえ香ばしい爆ぜ米が
白い波に呑まれても
カモメは海にもぐりこんで
私の自信を取り戻してくれるだろう

（『女鯨詩集』1）

やがて
船尾で次々と手を叩く音が起こり
カモメが驚いて飛び去る時まで
笑顔を松島に残したままで

19　籠のなかの鳥など十二編

（『笠』詩刊）

籠のなかの鳥

なぜに　わざわざ
　なりたがるの
とらわれの　身に

渡り鳥

カラスの辞書に
この文字はない

コサギ

機に乗じるとか人に取り入るのはご免こうむる
それよりむしろ願うのは　空中で
痩せてもひとりの
人間になること

カエルの鳴き声

闇夜のドラマーが
必死の態で
畔の舞台に上って
叩きたがっている
胸いっぱいのエレジー

黒い蚊

尻尾をひょいと上げて
あんな風に私の土地を侵犯し
流血の戦争を仕掛ける
それも詮無いこと
あいつとの間には
いわゆる平和的交渉なんて
ないのだもの

愛犬

小黒(くろ)よ　お前はどこかに消えてしまった
私は　声も枯れた
ただお前のことを想うしかない
新しい名前は
哭嘍(クロー)　とつけた

白黒二頭の羊

力を合わせてたいらげたひと株の
センニチコウ
家の裏の木綿樹の下に跪いて
咀嚼している
日没の味わい

コウモリの歌

疲れ果てた人々が
闇夜を
下に置くと

私がそいつを独り占めにして
自分の冷静さを試してみる

ガチョウ売り

ガチョウ小屋全体
上から下まで
みんなが互いにつつき合い
自分の同胞の羽毛を
売る

現代スズメ

痩せ細りたくない
それ以上痩せたくない者が

案山子の竹竿を驚かし
ガチョウ小屋の軒を選んで
五臓を肥やしている

虫害

ザボンの葉が
散る
　散る
　　散る
早すぎる秋

甘薯売り

HAN——JI——YOU[2]
九官鳥がまた路地口を見やり

ぼんやりと売る品もない商売をしている
HAN―JI―YOU
九官鳥が路地口を見やる

訳注
1　中国語読みで、kulou。泣けてくる、の意。
2　台湾語で〈蕃薯呦〉。「さつまいもだよ」という売り声。

20　影と台湾犬

（一）
街灯が私の孤独な影を見守っている
台湾犬はさらに忠実な道連れ
私の影と形を追ってくる
（二）
ついてくる台湾犬は吠えようともしない
私の憂え悲しんでいる足取りを乱すまいと
（三）
台湾犬さえも熟睡し
カエルだけが私の不眠に付き合っている

（四）
この天気　寒さのあまり吠え声さえも
震えがち
（五）
ぐっすり眠っているヒマワリ畑を踏みしだいて
明日は日食＊になるだろう

訳注
＊　原文は「天狗食日」。中国語では犬のことを「狗」という。古代中国では、日食は伝説上の霊獣である「天狗」が太陽を食べる現象であると考えられていた。

21 作品二編（児童詩）

（『満天星』）

イナのアワ畑

小鳥さん、小鳥さん！
あんたたちは群れになって降りてきた、
何かいいことがあって、
あたしのイナ[1]に知らせたいの？
あたしもちょうどあんたたちと話したかった
あたしの植えたアワ[2]ね、朝から晩まで世話してた、
もうどの穂もみんな黄金色になってるわ！

小鳥さん、小鳥さん！
あんたたちイナのあたしに知らせたいのね
そよ風の中で熟したアワが揺れてることを？
MALANIEN[3]！
ほんとによかったわ！
イナはあんたたちにどんなお礼したらいいの？

ああ！　そうだ！
獲れたアワであたしが
アワ餅を作り、
アワ飯を炊いて、
アワ酒をつくったら……

その時にはね、小鳥さん！
あんたたちにあたしの招待状が届くでしょう。

その時にはね、小鳥さん！
仲良しの友だちと一緒に霧台[4]に来て、
ルカイの豊年祭に参加して、
イナと一緒に収穫の季節を楽しんでね！

原注
1　ルカイ語で「母親」の意。
2　粟はルカイ族にとっては重要な植物だ。収穫した粟は豊年祭や結婚式の際に、粟酒や粟菓子などの伝統的な食べ物になる。
3　「ありがとう」の意。
4　屏東県ルカイ族の故郷である。

マムシの故郷

誰の足が
真っ先に南台湾のこの天国にとどいたのか

誰の目が
真っ先に大武山のこの楽園を発見したのか

ルカイの人たちは遠慮がちに言う
「私たちではありません！」
野生動物も謙虚に言う
「私たちではありません！」

それは
ルカイの祖先
と
野生動物たちが
一緒に到達し
共同で発見したもの
だから

ルカイの祖先は頭目を派遣し
野生動物はマムシを首領に推薦して
緑したたるの山のふもとで
アマ[1]の面前で
握手して　平和共存
水清らかな湖畔　イナ[2]の傍らで
取り決めた　湧水共用
いっしょに
安らかに暮らそうと

原注
1　ルカイ語で「父親」の意。
2　ルカイ語で「母親」の意。
マムシはルカイ族とパイワン族のトーテムである。酋長の家の門柱にこの動物が刻まれている。これは後の子孫に、当時、頭目とマムシの首領が大武山中の小鬼湖畔で取り決めしたことを忘れてはいけないと告げているのである。

（『満天星』）

22　作品三編

白鹿の水沙連

狩人よ、狩人
あんたの弓矢をしまってくれ
鬼ごっこはやめようよ
ぼくの足取りに合わせて跳びながら
水沙連までついてきておくれ
水沙連はぼくたち白鹿の故郷
お隣さんはお日さまとお月さま
ご覧よ！　青緑の湖水に

折れた矢が一本逆さに映っている
これはショー族の勇敢な若者が
そこから水沙連を探し当てたから
狩人よ、狩人
あんたの弓矢をしまってくれ
かくれんぼはやめようよ
ぼくの足取りに合わせて奔り
水沙連までついてきておくれ
水沙連はぼくたち白鹿の楽園
遊び仲間はお日さまとお月さま
お聴ききよ！　緑したたる小道からカサカサと
落ち葉を踏む音が伝わってくる
すると白鹿かあさんの耳がピンと立って
水沙連へ帰る子どもを嬉しげに出迎えてくれるよ

原注
昔、ショー族の狩人が、一頭の白鹿を追いかけているうちに、日月潭（水沙連）を発見した。その恩に報いるため、白鹿を射止めないことが、今日、ショー族の生態保護の一項目になっている。

タイワン・クーフィッシュと少女

銀白色のクーフィッシュたちが
タンニウという少女を好きになった
小道の石段に
トントンという少女の足音が響けば
昼寝嫌いのクーフィッシュたちは
これ幸いと
次々に水底から跳びあがり
タナイ谷の透明な鏡を突きやぶって

少女の濡れた柄スカートに潜り甘える
クーフィッシュと少女はつるつるした石板の上に跪いて
滝と太陽の光に呼びかける
ツオウ族のお爺さんお婆さんに呼びかける
——AGI——MY*

原注
高山鯝魚（タイワンクーフィッシュ）はタナイ谷自然生態保護区に生息する。
訳注
＊ ツオウ語で「おじいさん」「おばあさん」の意。

タナイ谷

タナイ谷よ
たとえお前がどんなに石段のぼった先の山奥に住んでいても
私は小さな黄菊の露に濡れながら
バショウの熟しきった匂いを嗅ぎながら
かならずお前の家を尋ねあてるだろう

タナイ谷よ
お前は澄みきった冷たい谷の水ででしか
私をもてなしてくれないけれど
だけど、私はまるで一匹のクーフィッシュのように
思い切り高山のゆったり気ままな境地を楽しむだろう

原注
タナイ（達娜伊）谷は阿里山郷山美村の山奥にある。

23 腹ペコのオオタカ（童話詩）

（『布穀鳥』）

一羽の腹ペコのオオタカが
落ち着きなく池の上を
旋回する
旋回する
オオタカには分かっている
この近くは田ネズミの出入りする場所なのだ
もう一つ分かっているのは
田ネズミの親戚はたーくさんいる
だけど近づくのは
簡単ではないってこと

オオタカは地面に狙いを定めて直下降
声もたてずに池のほとりを
歩きまわる
歩きまわる
オオタカには分かっている
そこがドジョウの住みかなのだ
もう一つ分かっているのは
ドジョウは大家族
だけど親しくなるのは
容易ではないってこと

オオタカは足を止め
咳払いすると
とっても優しい声音で
鏡のように透明な池に向かって呼びかける

ドジョウ君たち
君たちにいい知らせがあるよ
次々にさざ波が揺れて広がる
すると水のなかから答えがした
オオタカ兄さん
これはどうした風の吹き回しでしょう
僕たちにいい知らせって何ですか

俺はふと気がついたんだ
俺の家からさほど遠くないところに
大きな湖がある
それと大きな沼もね
そこはうーんと広いんだ
君たちは先祖代々
こんな狭くてちっちゃな池のなかでひしめき合って
いる

まったくもって可哀そうだし悲しいね
君たちが湖に引っ越して行ったなら
きっと満足すること請け合いさ
しかも俺たちいいお隣さんにもなれる
オオタカは情けぶかげに言った

ドジョウはちょっと心が動いた
みんなでわいわいがやがや
僕たちは飛ぶことはできない
這うこともできない
どうやって移っていったらいいんだ

大丈夫
心配ないさ
俺が手伝ってやるよ
オオタカは気前よく翼をバタバタさせた

ドジョウたちの目がパッと輝く
早く教えて
早く教えてよ

まあまあ落ち着いて
俺のこのしっかりしたくちばしと
この二つの固い爪があれば
手伝えないことなんかないさ
オオタカはひょいと跳んで
清らかな沼のほとりに立った
大ぜいのドジョウが取りかこむ
オオタカのお腹が
グーグーと鳴っている
まるでみんなに意見をもとめ
誰か試しにやってみたい者はないかと訊いてるみたい

僕行きたい
僕行きたい
僕も行きたい
ドジョウたちは我先にと浮足立つ

一匹の年寄りドジョウが
池の真ん中まで泳ぎ出て
怒りに震える声で
ドジョウたちを諌めた
おまえたち
ここは冬暖かく夏は涼しい
こんなに住み心地がいいのに
なんでわざわざ他所へ行こうとするんだね

迷ったのはドジョウたち

たしかに故郷は離れがたい
オオタカは慌てながらもおもむろに言った
おやおや！　そちらのおばあさま
その考え方はあまりにも頑固で
時代遅れですよ
若い世代には
外へ行って視野を広げさせてこそ
人より先んじられるというものです

ドジョウはまた迷った
未来を切り開くためには
生活をいっそう快適なものにするためには
たしかに環境を変えることが必要だ
ドジョウたちは迷った

年寄りドジョウは悲しくなってみんなに背を向けて

　つぶやいた
好きなようにおし
あたしは年老いた
動くにも動けない
やっぱりこの家を守ることにするよ
お前たちは幸せにね

夜長ければ夢多し
オオタカはドジョウがまた考えを変えるのではない
　かと心配だ
さ、早く！　君たち
急いで俺の空中バスに乗りこみたまえ
俺のくちばしは頑丈
俺の爪は固い
真っ先に乗るやつが
一番お利口だよ

僕が先
僕が先だ
僕も先に行く
若いドジョウたちは先を争い
オオタカのくちばしの中に入りこんだ
オオタカの爪の下にもぐりこんだ

オオタカはきつくドジョウを口にくわえ
爪でしっかりドジョウをつかんだ
ドジョウが滑り落ちないように
オオタカのお腹は
グーグーと鳴っている
ドジョウはそれを一曲の
すてきな歌だと考えたのだった

詩集

『夢會轉彎（夢はうつろう）』

より

24
五色鳥(ゴシキドリ)の返事

(『台湾生態電子報』二〇〇九)

山霧にゴシキドリが映っている
楠渓[1]のエコロジー・ライティング[2]に赴く途中で
私は明白な返事に出逢った

私たちがやって来たのは
海抜二五〇〇メートルにある一本の木の下
黒いくちばしが
ツガの木の下の静寂を突き破る
ゆっくりと　俗世の湿り気と霧を吐き出して
おもむろに　緑の大傘が放出する酸素を吸入
ゴシキドリは
耳を傾けながら
我らの昼食の相伴をする
うっかり赤みかん色のカナメモチ[3]の実を
発言しようと開けたくちばしからこぼした

水色の山頂が浅緑の渓谷に連なり
鳥の視線はほとんど天地に網羅されている
私たちのライティングは進んだり立ち止まったり
もう人世の旅の半分は過ぎたのではないかしら

水里[4]の季節はイイギリ[5]の実が赤く色づくのを待ち望んでいる
タタカ[6]にある夫婦の木の露のしずくも凝縮してハンノキの緑色の理念を待ち焦がれている

ゴシキドリが言う
それは大自然の補修者だ
それは高山病を恐れず頭痛もしない
ゴシキドリはまだらに剥げた阿里山脈の補修を手伝いたいと言い張っている

訳注

1 玉山国家公園西部、梅山村の西側渓谷に沿った林道。
2 原文は「生態書写」。
3 仮山梨。
4 南投県の郷。
5 山桐子。
6 塔塔加。玉山の登山口。

25 五指剣

（『台湾現代詩』第4期）

昼寝から覚めると
その人は、夢をポケットに入れて
大使公[1]さまの指示通り中営の郊外に向かった
思い通りさらさら流れる将軍渓[2]でフナを捕まえ
思いがけず水底に埋もれていた五本の石斧を手に入れた

しゃもじのように扁平な石斧を
懐に抱くと、大きさは赤子ほど
広げて並べれば、五本の手の指にも似ている

五本の石斧をさやから抜くと
その人の、想いは矢のごとく稲妻のごとく奔り
歴史上の出来事が一千年先に推し進められる

世紀の大蟒蛇（うわばみ）は
麻豆[3]の沼地と谷間を蛇行する
春うららかな渓流の底には聞えたろうか

利発な平埔[4]の女は
一瞬のうちに男のとまどいを引っ担いでひょいと川
　を跳びこす
迷い雲になっているその足取りはすこぶる感動的

例の夢のポケットから
五本の石斧が跳び出して

達筆で記した
山海の色彩は明らかに分かつべし
カジノキ[5]は梅の花の姿を再現す
街頭は極彩色にて廟宇多し
ただ中央に欠く一点の煌めき
フォルモサわれらが国家

訳注

1　中営の武安宮という小さな廟に祭られている神。鄭成功時代の移民によって福建から伝えられた。
2　台南市小軍区を流れる川。
3　台南市の市轄区。「27　倒風内海」はこの地域にある。
4　台湾原住民のうち、西部の平野に住む民族の総称。
5　原語は「鹿樹」。クワ科コウゾ属の落葉樹。

26 向婆[1]、海に叫ぶ

（『塩分地帯文学』第2期）

秋が忙しく花のかんむりを編んでいる
山の乙女たちは
もうすぐ希望色の冠をかぶって歌うだろう

牽曲[2]が壺のまわりを巡っている
海を渡って来た先住民族の苦しみの
そのまわりを

向婆は霊歌で催眠状態
彼女は見晴るかす

波揺らめく西海岸を
起伏のあったシラヤ族[3]を
波涛が人々の足あとを隠してしまった
水草のように従順なシラヤ族

懐かしみ泣き叫ぶ海
思い出してヒステリックになっている海
頭に花の冠を載せたシラヤ族
歌を歌いながら春を尋ねるシラヤ族

訳注
1　巫女。女性シャーマン。
2　シラヤ族の祭りの歌。
3　台湾原住民族で、平埔族の一支族。主に台南、高雄、屏東に住む。

27 倒風内海[1]

（高雄世界詩歌節、二〇〇五）

鍬で力いっぱい掘り起こすと
貝殻が田園の最下層じゅうに分布している
三百年前、聞けばこのあたり一帯は繁華な場所
大埤は沙寮に連なり沙寮は蚵寮に連なり蚵寮[2]は海岸
　線が連なっていたとか

金色の砂浜は先人の記憶にすがってようやく
故郷の人々の脳裏に浮かび上がってくるだけ
オランダ人が来たことがある、紅毛楼[3]を残した
鄭成功[4]が来たことがある、開墾し干拓した
清朝の郁永河[5]は、筏で倒風内海に遊んだ
日本人がやって来た、トウサンの言葉を植え付けた
皆が去り、ようやく私たちも植民の暗い影から抜け
　出した

来たぞ、政権の暴風が絶え間なく襲ってくるうち
フォルモサの川筋の意思を変えた
急水渓は北に寄った
内海は枯渇した
巻貝の死骸が両岸流域の版図を拡張した

倒風内海はすでに台湾地図の上では消滅した
故郷の空気には相も変わらず塩分が淡く漂う
星々や漁火がたまさか夢の中の波止場に灯る
海鳥は季節風に乗って池塘のある湿地を越境する
入港した船は今もなお画帖の内海に静かに停泊して

いる

訳注

1　十八世紀以前に台湾南部に見られた潟湖。かつて港として栄えたが、堆積が激しく衰退した。

2　大埤、沙寮、蚵寮は倒風内海が埋まる前からある地名。

3　赤崁楼のこと。台南市中西区にある。十七世紀半ばにオランダ人により築かれた。

4　一六二四〜一六六二。明末の遺臣として清軍に抵抗。アモイ、金門島を経て、一六六一年台湾を占領したが、翌年没した。長男鄭経があとを継ぎ、政権は一六八三年まで続いた。

5　生没年不詳。杭州の人。十七世紀末に八ヶ月の間、台湾を旅し、日記『裨海紀遊』を著した。

28　神秘の谷　（『台湾現代詩』第6期　第九次東亜詩書展）

発見されたくなかったのに
最後は
やっぱり発見されてしまった

靴あとが靴あとにつづき
スマグス*によじ登った太陽が
部落に向かって暖を取る

好奇心が好奇心に連なり
三日月の示す矢印の跡をつけて

神秘の谷へと通じた

藤蔓が私の探索の行く手を遮ったけれど
なぜだか
手すりのところで立ちどまると蔓が弛んできた

渺茫たる山谷は別天地
ほの暗い森は私事の秘密を隠し
境界地には愛欲が残されている

物語がまだ始まらないうちに
神秘性がもう伝えられている

訳注
＊ 新竹県尖石郷の山奥にあるタイヤル族の部落。

29 桑の実摘みの季節

（『笠』詩刊240期）

四月の桑の実を摘み取る
桶には豊かな実りと隠れた憂鬱がぎっしり
この爛熟した黄昏のなかで
圧搾機も青臭さをちょっぴり受け入れる

足さばきもさっそうと回転させる
機器は両手から離さず
両手は目から離さない
液汁が快速分解した瞬間
酸味も甘みも

すべて紫のロマンを流し出した

30 はるか玉山*を眺む

（『楠梓仙渓』二〇〇九、三、六）

重なりあう山並みよ
折り重なる険しい山々よ
なぜに台湾の主峰を斜めに見るのか

カーブをひとつ曲がると
玉山の正面で屈折した光が射してきて
私たちの寒さに震えている心を慰めてくれる

別の角度から
その背骨を捕えれば

地殻変動で受けた圧迫傷の痛みが感じられる

神からの賜わりものの玉山は
あたかも台湾で最高の産業の場
それは原住民族や牛や羊が命と頼む住まい

一年じゅう島の住民たちを見守っている主の山
こんこんと湧き出るその水
私たちは日夜その慈悲と憐憫を飲んでいる

訳注
＊　標高三九五二米。台湾で最も高い山。日本統治期には新高山と呼ばれた。

31　蝋鷹石――楠西郷*登山一景　（『塩分地帯文学』第4期）

太陽は速足
真っ先に山頂に登る
朝日が鷹の身体に集まる

黒鷹は翼をすぼめ
風のなかで
ときたま猟場の雄姿をそびやかしてみせる
けれど温かな日の光に
やっぱり透けて見える
羽毛に覆われた下の無数の古い傷跡

黒鷹は六十歳
鉤のようなくちばしはますます内側に曲がり
うなり声さえ伴侶のくちばしをかばっている
わが家を死守する爪のように
懸崖で
夕陽を捉えた記憶をしだいに化石化している

訳注
＊　台南市の北東端に位置する。もともとツォウ族が住み、後にシラヤ族も入植した。

32　塩の山

（『塩分地帯文学』二〇〇六）

純白の山が
煌めいている
あれはかつて
一滴一滴の天空の涙だった
あれはかつて
一桶一桶の太陽の汗水だった
塩田夫の希望を担いでいた
喜悦の凝縮した山はすでに風化し
歴史は風車に合わせて今もなお豪胆に回っている

33　永久不変

（『笠』詩刊二〇〇三）

父が亡くなって長年が過ぎ
ようやく筆に勇気がでてきた
永久不変の想いを書こう

植民地にされたことを怨嗟したことのない父を懐かしく思う
二二八事件は起こったことがなかったかのようだ
彼が白色テロの話をするのを聞いたことがない
歴史のレールをつなげることのできない父を懐かしく思う
時代の地位を欠席していた父を懐かしく思う
彼のために私は何を書いたら意味があるだろう
一生涯ただ農民であっただけ
何度か村長になり
貧しい村のために尽くした

不幸にも家は差し押さえられ
酔っぱらうと横浜の春を歌う父には
あぜ道にうずくまって泣く母を慰めようがなかった

酷暑になり
夏の恋人が
いわくありげに彼のくたびれた影を連れ去ってしまった

34　レジャー農場

雁の飼いならされた翼が
障害物のない湖面を
低く飛んでいく

休耕田となった祖先伝来の地は
これまで思ってもみなかったことに
レジャーへ転換する運命だったのだ

湖心には白い雲だけが漂う
岸辺には何を植えたらよいだろう

その逆さの影に付き添わせるのには
植えてみようか
金色のアブチロン[1]
キワタの木[2]
カエンボク[3]
水ロウソク[4]
そして
大地への辛い恋の歌や詩を

（『笠』詩刊240期）

訳注
1　風鈴花。
2　木綿。
3　火焔木。
4　水蠟燭。俗名。一般にはコガマ（小蒲）という。

35　西部から来た女

（『文学台湾』54期）

今日は一人で単独行動明日も明後日は……
靴で黄色の警戒線を守りながら
私は一人で旅に出ようとしている

レールがカーブする場所で
列車の先頭と私の距離が
優美な弧線を描く

窓際の席は
慣性的に揺れ

心地よさに負けて途中で思わず眠りこむ

椰子の木の影がまばらに流れ
湿気の符号の混濁している理由が
台風一過の緑野に倒れ伏している

夕陽が東に向かう白鷺の群れを染め
墨色の翼が
故郷の赤瓦の屋根を低くかすめていく

山に入り　一瞬にして無明の天崖に陥る
洞を出て　ようやく白波の激しく寄せる岬と知る
私は今一人旅の最中

Masalu男の腰には番刀が下げられ
厚い唇のあいだが Malimali と震えて

西部から来た女を歓迎する
百合はもう二度と泣かない
力いっぱい舞台の上で彼らの歴史を演じている
なぜか知らぬがその歌に私の郷愁が誘い出された

あの粟と稗だらけの寂しい大地で
太陽と月が仕事を引き継ぐ
水田は女の働く背中だけが頼り

蛇兄さんが　旗柱(ポール)を高々と巻き上げる
トーテムが部落に蟄居するようになって久しい
私の母語が突如その鱗の光のなかからよみがえった

頑丈な木材の肢体が
幾重にも交錯しながら
最初の成人として作品展示されている
母親、背中の赤子、私そして水牛
幼い頃に河を渡った時の印象は
なんと彫刻家が裏山に彫り付けていた

詩のなかで身体のイメージを論じている
座談会には知本温泉[2]の熱霧がたちこめているかのよう
雲霧の議題が絶え間なく蒸発する

霊と肉についての著述は情欲にせよ
誰が誰にイメージされるにせよ
創作の筆は結局言語の試練を経なければならない

田の草取りをする後ろ姿が都蘭山[3]に投射され
夕陽が興味ありげに女性の跪く姿を探し求めている

私は今家路を辿りつつある

訳注

1　ともに屏東のタイワン族の言葉で「こんにちは。いらっしゃい」の意。地域によって言い方が異なる。
2　台東県卑南郷にある温泉。
3　台東県にある山。標高一一九〇メートル。プユマ族の聖山とされる。

36　乾杯！　台湾――故郷の姉妹たちに

（『塩分地帯文学』第6期　静宜大学女性文学シンポジウム『女書系列』2）

すでに中秋も近いのに
雷雨は止むことがない
朝夕の温度差は激しく
春蘭は花茎の生長に時の移ろいを知らねばならない

ツバメは曽文渓[1]の北岸に群れ集い
耕運機の跡をつけて飛ぶ
シラサギは丈の低い灌木に足を休めて
昔の味にありつくのを待っている

風が広野を吹き抜け
鳥が耳元でさえずる
まるで故郷からのかすかな呼びかけが聞こえたかの
　よう
戦後生まれの
私たちの名前からは草のかおりが匂いたつ
それは
……SHIKEKO、HARUKOという
大姉さんたちの日本名前の柔らかさとは違う
次の姉さんの花の名前つく幼名とも違う
ふた親は密かに桜のことを想っている

わが姉妹たちよ
身分証は新しいのに換えたの
小さな記号が一つついている
私たちの身体にしっかりと刻印されている

植民から新植民までの台湾の徽章

まさか
私は幸福のなかに悩みを探しているのだろうか
それとも
更年期の病のなせる業か
複雑な心で単純な感情を支配する

あなたたちの「トウサン」
私のパパ
本当は彼にこそ一番悩む資格がある
田を耕しバナナを植えるのさえ
雨風に翻弄された

ある日
父親が小六の私に訊ねた

「遊手好閑」は国語でどう読むんだね？
あの頃虚心に第二母語を学んでいたのはなぜか
それを証明できる人はいない

いま父は
聾唖の年代を身に帯びながら硬い泥地を突破して
空を仰いで故郷を観察する

私のママ
あなたたちの「カアサン」
童話の世界であなたたちの恐れる継母に
若い娘の頃あなたたちは家を出る口実を見つけた

かつて母親に反逆した私たちは
いま耳飾りにねんごろに言い含められて
次々と嫁にいく
もろ手を母親にあずけて
指輪、首飾りにたっぷり愛情をまぶされ
めでたいハートの上に対の鳳凰を刺繍してもらう

いま母親が
三従四徳を身にまとい
儒人の名に封じられて極楽に帰依するには
雲の記憶に頼るだけ

南部の土地神様は
声も出さず表情にも出さず
ガジュマルの木陰に鎮座して
福運と徳行を鎮守し故郷を庇護している

嘉南平原は陳水扁[2]を支持し陳水扁に反対し陳水扁を

擁護する
廟前は雨かと思えば晴れ晴れかと思えば雨
たまさか空にひと筋の虹が
ときには池にひと振の弓が
新世界に通じるひと筋の橋梁が出現した

高い所に登ればはるか遠くが見渡せるかもしれない
歴史的なインドネシア大津波のとき
故郷に戻ったアチェ州[3]の人の
耳にかすかに聞こえたのは
同胞の助けを求める凄まじい叫び声

レバノンの戦火はすでに止んだが
灰燼のなかに家も国も壊れたまま
人民は今なお治療の最中だ
女はただ一本のヒマラヤスギだけのためにうつむい
て水やりをする

一度の洪水は
故郷の土手を押し流せる
二度の沈黙は…故里の姉妹たちよ
再三乱世になるのは
私たちの山の背を押し曲げようとしているに違いない

母に背負われた子どもはすでに下ろされた
姉妹たちは
島に誕生した嬰児を背負う

どうしても話題を転じて
Amawan[4]という馴染みのない国の話をせずにはいら
れない
あなた方はいつも眉根を寄せて耳を傾けているけど

あいかわらず昔と同様に美しい

自由をめぐって民主について語るのはあまりにも重
苦しい

低テーブルの上には養生茶や食べ物やビールが並ん
でいる

乾杯！　台湾

故郷の姉妹たち

訳注

1　阿里山中を源にして台湾南部を流れる川。

2　一九五〇～。二〇〇〇年の総統選挙に民進党から立候補して当選。半世紀に及ぶ国民党一党独裁に終止符を打った。在位二〇〇〇～〇八年。

3　インドネシアの州の一つ。

4　屏東県内埔郷東南地方にある「萬安」教会あたりを指す。以前は遠くて行けない場所の意味などで使われた。

37 温泉郷を探して

（『台湾現代詩』創刊号）

幼いころ
母は私を寝かしつけるために
気ままに牡丹社*の話をしてくれた

番刀で叩き切られた花束
一朶一朶が斜に刺さる
私の記憶に

歴史がうっかり口をすべらし
一つの神秘的な愛情が
急いで童話から成長しようとする

意固地な娘は
野生馬のように
密林に出没する猟人に嫁した

もしものんびりできる一日があったら
トンボの複眼を借り　蝶の羽根を借りて
南部の古戦場を探索しよう

夕べ私は温泉郷の川のカーブからふと気がついた
童話のなかの四重渓には
たしかにちょっぴり硫黄の気味がある

今まだ薄紗の寝間着をひきずっている空は
頬にかすかに牡丹の白粉のかおりがする

遠くの鐘の音が歴史の朝日のなかで揺蕩っている

訳注

＊　牡丹社事件。一八七一年、台湾南部に漂着した宮古島の島民五四人が原住民族に殺され、日本の台湾出兵を引き起こした。

38 漢人の娘

（『重生的音符――解厳後笠詩選』）

世世代代
優位な漢人という思いを抱いてきた娘は
うつむいて
遅まきの神の譴責に耳を傾けている
むすめよ、汝には歴史の野蛮さを黙認する資格があるのか
この正統で無趣味な帽子は
汝に重くのしかかるであろう

聖母マリア様
あなたは漢人の娘と
そしてこの広々とした東港渓[1]にどうかご寛恕をたま
　わりますよう
これこそが先住民を助けて源流を遡り
川のあいだに立つ橋を築いて
Amawan[2]の女が縫った褐色の衣装を
独者の男の身体にまとわらせたのです
ハレルヤ

訳注
1　大武山を源にして、屏東平原を流れる川。
2　阿瑪湾。屏東県泰武郷に阿瑪湾瀑布群がある。

39　簾のなか簾のそと
（『重生的音符――解厳後笠詩選』）

閨房は独立していて
入口に簾がかかっている
簾のなかでなら　心で思っていることを話せる
捉えられる　簾のそとの日の光
竹簾のなかで足の指の爪を切ってみる
隣で咳をしている老人にあばずれ[1]と呼ばれたってか
　まやしない

年寄りが言う足の小指の端に
もう一つ小さな爪があったら

まちがいなく漢人だと
そこで爪切りばさみカチカチ言わせて
簾のなかで優越的な音を響かせ
民族の純血を強く意識させる

簾のそとでは　潘氏[2]の若者が万金教会[3]にたたずんで
いる
炯々たる眼つきで言う　漢人よ
おまえらは昔われらの土地と水源を侵略したと

訳注

1　「細番婆」。しつけの悪い女の子を叱る言葉。

2　万金教会の周辺には多民族が住んでいる。「潘」という漢字には、水、禾、米、田などが含まれるので、漢字の姓をつける時、好まれた。一方では番族の「番」に通じ、蔑視だと考える人もいる。

3　萬金聖母聖殿。インマヌエル教会。屏東県万巒郷万金村にあるカトリック教会。台湾に現存する最古の教会建築。

40　人影ひとつなし

（『台湾現代詩』第3期）

アオイの花は点々
夕陽は線をえがき
雲のかたまりは面
夕陽が雲の層をつきぬけて花畑を照らす

鉄線橋村*を通りかかった瞬間
点と線と面が
形づくる村の外の一枚の
絵画は大胆できっちりした表現

雑草と遠くの木々を消し去れば
山の稜線と丘は淡くなる
金色の花の海に三軒の家が見え隠れにある
けれど人影ひとつなし

訳注

＊　現在の新営市（台南県の県庁所在地）の鉄道の範囲にある古くからの集落。

41　人群れのそと

（『推理雑誌』二〇〇四）

一匹の猫が
朝霧のなかに躍りこむ
目を覚ました草木が
公園に響きはじめたメロディに合わせて
体操をする
リスが木のてっぺんから滑り下りて
歩道あたりを探索
咲き繁る花がゴミ箱のなかの秘密に蓋をする

２２８記念碑が高い青空を眺めている
ハトは相もかかわらず自由に飛翔し
和平公園の
万緑の灌木に囲まれてスポーツをする人々の群れを
　俯瞰している
ホームレスの女が石のベンチにぴたりと靠れる
新聞紙の大見出しが彼女の顔半分を隠している
覆い隠しているのは
地震に過度に驚きおびえさせられた古いニュース記事

訳注
　この詩は台北の二二八和平公園の光景を描いている。

42　奇妙な星——百日実録

（『塩分地帯文学』第24期／二〇〇九年度詩選）

（1）モクマオウ[1]の木の下で

日没でもなく黎明でもない時刻に
復活した短針が死を縄でしばりあげた
姑は　二〇〇八年　このようにして深い眠りについた
神の正義の残光を待って
あなたの霊を救済し
あなたの魂を解き放つ

誰かがあなたの両足を治してくれ
もう自由に星の光の下に立っている
頼みの綱の生命の水のＮＧチューブ[2]は
今はあなたの足元に屈服している

七日目の夜　誰かがあなたの目を開けた
静まり返った籬のむこうに
日本式の機械のエンジンの音が響く
あなたは田畑が荒廃に任されるのを拒絶している姿
　を俯瞰する

あなたは暗い倉庫から
歳月の握り跡が刻まれたあの鍬を選び出し
大地にむかって振りまわす
あなたの権利
あなたの掌握

あなたは改めて昔の天秤棒を探しだし
片方には童養媳（トンヤンシー）[3]の心意気を載せて
もう片方には無学の病と痛みを載せる
重量　　　　　　均衡
対立　　　　　公平
奇妙な星に向かって道を急ぎつづける

安寧な国家には戒厳令などあるべきではなく
モクマオウの木の下では弾丸掃射の叫び声や泣き声
　が聞こえるはずがない
天の梯子と水源がかならずインゲンマメが天によじ
　上るのを助けてくれるだろう
三十何年も便りのない舅がきっと　あなたを待って
　いる

訳注
1　木麻黄。トキワギリョウとも言う。スギナに似た葉の常緑樹。
2　鼻から胃に挿入するチューブ。
3　息子の嫁にするために、幼い時にもらうか買われてきた女の子。たいていは息子が成人するまで下女として働かせた。

（2）愛情主義

景気は不況そのうえ冬の寒さ
村の古い信仰もまた守らなければならない
わが子よ
おまえが祖母の百箇日（ひゃっかび）のうちに行なうべきことは
独身男という名に　別れを告げること
軟弱という上着を　脱ぎ捨てること
細身のバリっとしたスーツを身に付け

気を引き締めるネクタイを締め
立派な皮靴を履いて
格好よく結婚を決め　新婦を連れに行ってくること

レイオフ中の友人が祝いを下げてやってきた
まだ仕事があるそうで幸せそうな笑顔がこぼれた
悦びあふれる顔つきで祝辞の言葉を述べた
権威ある詩人が扁額を送ってきた
象徴主義が格好つけるのをやめた
あなたたちの愛を写実してくれた

栄えあれ安寧たれ
潤沢たれ恩沢たれ
培顗よ・沛霏よ*
恋する人たちがついに結ばれた
手に手をとって幸せへと邁進する

人生の旅路は互いに助け合い
愛やら夢やら休みなく生じる

あなたたちが信じるなら　希望はある
愛の神は　あなたたちの言うことに耳を傾けるだろう
父も母も
父（神）の口
父（神）の舌を借りて
あなたたちに成長のレッドカーペットの道を与える

訳注

＊　作者によると、培顗は長男の名、沛霏はその結婚相手の名である。前二行を含め、作者の友人で『笠』の同人である李敏勇が息子の結婚祝いに贈ってくれた扁額の言葉である。前二行の原文には二人の名前が織り込まれているのだが、訳出不能のため、意味だけ汲み取った。

（3）**贈り物の象徴**

仲人はサトウキビを贈り
あなた方夫婦が最後まで添い遂げることを願う
新しい年新しい日々甘い生活がずっと長く続くように
と

青竹の上に赤身の肉を掛ける
それは新郎が新婦をかばう右手
引き寄せる　高速道路上の飢えたトラを　そして遠ざける

（4）**炉の火と瓦かけ**

あなたは神聖な炉の火を跨ぎ超える

なぜ躊躇うことなく彼と結婚したの
全く形がなくなるまで瓦を踏み砕く
あなたはいったい誰に嫁入りしたの
あなたははじらいながら広間に入り
家族の一員として溶け込んだ
それは食器を洗うことの始まり
権利を管轄することの始まり
ベールをかぶった新婦よ
困難を維持するための始まりだ

（5）**だけど鏡はそのわけを言えない**

無事円満に子どもたちの結婚をまとめ上げ
あなたは心清らかになれたの？　流れ雲よ
あなたは願いがかなったの？　野にいるツルよ
懇切丁寧に　諭すべきだったのは私

困難の時も安寧の時期も　記憶しているのは私
口に出せない　真実を知るのは私
昔のことを隠し　疚しく思っているのは私
子どもを高々と持ち上げたのは私
そしてドスンと落としたのは子どもの母親
誰かが私に強い息を吹きかける
乱れ髪の夜明けも悪夢から覚める
だけど鏡はそのわけを言えずさめざめと泣き続ける

（『笠』詩刊242期）

43　夏のセミ

午後の梢から次々に喧騒が伝わってくる
不透明な葉もつばさを広げる
風のなかに身を避けている小枝が
互いにこすれ合う

白雲がさえずり
池の水がチチチ
空と地との対話が始まる
殻を脱いだセミが
草むらをぶらつく

この夏
私の耳元にはヒステリックな霊歌があふれている
けれど私の模様のハンカチが
ふと拾い上げた　夕陽の下に落ちた
あたり一面の調子はずれの音符を

（『文学台湾』）

44 復活

夜が明けると
宝探しが始まった
風は緑の葉や花のあいだを
くまなく探す

新しい生命を得るように
捜しあてた色つき卵を
一つずつ叩いて割って
春と交換する

残ったのは一つ
誰にも発見されずに
陽光の下に隠れていた
ドキドキのハート一つ

45 かつて

（『笠』詩刊二〇〇二）

かつて
キワタの花をカップに一杯拾いあげ
泰武山[1]じゅうに飾った
白雲のあなたは
午後じゅうずっと私にカプチーノ飲もうと誘ってくれた

かつて
ユーカリを一盛り探して
湖畔の角板山[2]にともした

月光のあなたは
まだ見ぬペンフレンドに手紙を一通書いた

かつて
橋の下をさらさら流れる水の甘い嘘に
夢中で耳を傾けていた私は
白雲のなかに横たわり
月光にもたれている

訳注
1　大武山系にある北大武山の泰武郷。屏東県。
2　桃園県にある原住民族の集落。

46　紫檀の花言葉

断熱材を貼った心の窓を
そっと揺らし
紫檀の影と光で
あなたと私の網膜を照らす
抑えた彩りの一本の雨傘で
そっと覆い
金色の花の雨で
あなたと私の衣裳を濡らす

（『笠』詩刊253期）

不可思議な五月
黄色い花柄のモンシロチョウの群れが
パタパタと羽根を動かして
河を遡り故郷を尋ねもとめる

住み家にできる街路樹を尋ねもとめる
ああ！　あの年母のもとを離れた
都会の砂ぼこりが
私の髪をかき乱したのだった

（『高雄公車詩』二〇一〇）

47 花火

天空でタンポポの花が一つまた一つと咲きほころぶ
地上の泥地でもカスミソウの花が満開
私は愛河*というあなたの名を覚えておくだろう
どうか橋の上の花火の私のことも覚えていてほしい
打ち上げられた魚の身体についた油のことは忘れて

まばゆい輝きは綿毛になり
夜空にはすでに私はいない
河畔の幸福な音楽は誰のために旋回しているの
草原の斜面は相変わらず明るく光っている

オレンジ色の明りは誰のために不眠になっているの

訳注
＊　高雄市を流れる川。

48　鳳凰木の下

高いところに目をやれば
一対のかつて一度も廟の建物から離れたことのない
　比翼
モザイク職人が屋根の棟の芸術性を伝えようと
幸福と吉祥をしっかり貼り付けた

遠いところから考えれば
孤独はけっして女だけのものではない
故郷のために後家を通している鳳凰は
金粉を施された木の台の上にそっと彫られている

（『台湾現代詩』第2期）

身近なところで言えば
鳳凰は決して飛び立てない
私の絹の鏡台かけの装飾になっている
くちばしの刺繍のなんと緻密で艶のあること

寒流が去ったばかり
私は真昼の陽光を浴びている
顔をあげ
樹上にたくさんの鳳凰が棲息していることに気がついた

49 カタツムリ

（『台湾現代詩』第2期）

彼は角を伸ばし
彼女は渦巻き状に回りながら
金色の線で丸く円満な日々を描く
彼は棚のてっぺんに這い上って日向ぼっこをするのが好き
彼女は花影の隅に隠れているのが好き
聴けばこれはみな生活の必要からだとか
彼は道徳の硬い殻を背負い

彼女は褐色のコートを着ている
自然が彼らを保護しているのだ

50　三個の羊の骨のサイコロ――ホルチン砂漠の旅

（『文学台湾』60期）

いったい誰が
私たちの泊まったモンゴルパオの入り口に
三個の羊の骨のサイコロを置いたのだろう
手のひらは蒼穹と握手を交わすのに耐えきれず
寄託を　砂漠の長旅の道程に向かって抛った
感恩を　拾い上げ
密かに　三つの答えをリュックに仕舞い込んだ

一個の水壺が

カランカランと未知を響かせ
二個の羊の頭蓋骨が
石臼の上に横たわって光を発している
三台の車が埃を巻き上げ
蛇行が私の寂寞に咬みつき食らう

正骨　反骨　背骨
反転また反転
三個のサイコロは絶え間なく転がる

一瞬にして一本の木のまわりを巡る
木の下には二頭の野生の牛がいて
春のためにあくまで毛が抜けつづけている

（『文学台湾』56期）

51 静まり返った時刻

静まり返った時刻
汽車は先を急ぎつづけ
太陽は燃え尽きようとしている
旅人の話題はまさに山頂に点火したところ

夕焼けが
少しだけ車内に漂い込み
多くは窓の外でためらう
風景

うお座の目は眠ることなく
天の川を目指して泳ぐ
ラクダはふた瘤の運命を背負ったまま
そっと訪れて戸をたたく

握りしめていたこぶしを開き
ハトに
餌をやる
ちょっと痺れた私の手

静まり返った時刻
独立という名のモンゴルの野生馬が
私の夢を
舐めて目覚めさす

窓辺の女が台湾の古い歌を歌い出す

新しい思考を載せた列車は
今しも谷間を越えるところ
首都ウランバートルに向かっている

52　最後の藍色の上着

（『文学過家』二〇〇三）

灼熱の太陽は照明のように照りつけ
逆巻く河は大太鼓を叩いているよう
私は見ている
藍色の上着姿の伯母が
一歩一歩と風のなかを舞台に上がっていくのを

ススキのなかに藍色の上着が埋もれた
唐傘が　ゆらゆら揺れながら
村のなかへ入っていく

伯母は上着の袖で汗を拭き
両手を合わせて土地神様に祈る
家畜が早く大きくなりますように
孫が聞き分けのよい子になるようお守りを
金門島で兵役についている息子が無事でありますよ
　うに
南方の戦場に行ったまま帰らぬままの夫をお守りく
　ださい

私は見ている
色あせた上着の袖に
ふた筋の涙がこぼれる様を

たっぷりゆったりした藍色の
実は
女の身体そのものを束縛している右開きの上着

53　大水

（『笠』詩刊273期二〇〇九・八）

道はあるけど出かけられない
水溝があるのに水没
大池が　大水になった
景色は果てしなく広がり
地平線もはっきり見えない

北京鴨は大水のなかを行ったり来たり泳いでいる
肉用鶏は鶏舎に戻っておらず
どの豚舎も　どのエサ箱も
静まりかえって　飢えた叫び声もない

スプリングベッドは水につかって膨張
スプリングチェアは水につかって膨脹
家の裏にガタガタのまま捨て置かれている

水郷地帯
五列の黒豚七列の白豚
腹の皮が風を注入したかのように膨れ上がり
四肢は上を向いて涙を含んでいる

机がぷかぷか
子どもがよじ登る
赤犬がよじ登る
子豚も飛び乗った
堂々たる大国　幸運にもノアの箱舟があった
わが家を救う一艘の小船

54 積み藁

(『詩人影音一百』二〇〇一)

穀物干場の隅の積み藁は
農村の人の収蔵作品
嫁たちの憂いをなくす種火

一陣の風が吹くと
スキの掘り返した赤土の匂いがする
春の若苗の青臭さがする
太陽がある
立ったりかがんだりして除草するときの汗

高々と重なった積み藁は
知っている
天秤棒を下ろした時の心持ちを
水牛が満腹するための糧なのだ

積み藁の下は
めんどりがヒヨコを連れてえさ探しをする天国
子どもたちがかくれんぼをするかっこうの場所

55　煙がもうもう

ニワトリはまだ啼かない
裏窓には濃い霧
月はまだ蚊帳のうちで夢をみている
せっかちな舅が
うおっうおっと声をあげ……起きた

空はまだ明けてない
台所にはすでに煙がもうもう
焚き物は燃やしてもらいたがっている
一つ一つの火花は我先にと天をめざし
星になりたいと思っている
お日さまが顔を出し
田畑を覆っていたベールをめくる
裸足の農婦は
雑草ともやもやした心配事を混ぜ合わせ
稲の苗の下に踏み入れた

（『文学台湾』52期）

56 へいちゃら

（『掌門詩学』二〇〇九）

八七水害*のあの年
私はまだ幼くて
印象はぼんやり
農園中のバナナの木が根こそぎ倒され
初めて台風の癇癪を目にした

流木が漂う　横になったり縦になったり
縦になったり横になったりして　橋脚にぶつかる
これでは乞食のついている杖さえも
川の流れに持っていかれそう

父さんの苗代は
どうやって爆弾あられ用の米を収穫するのだろう
おじさんのザボン園はどうやってひと粒ずつの土石
　を拾い出すのだろう

空はまだ晴れ渡っていない
口にできるものを口にするだけ
切り干し大根炒め　サツマイモのゆで汁　ピーナッ
　ツ混ぜご飯

洪水は膝頭を水没させ
つま先立ちで歩くも　地面にとどかず
心のうちはふわふわ　現実感がない
真夜中に突然おどろかされる
幸い母のあたたかな乳房が抱きとめて

私をあやしてくれる　私をあやすために
ぶつぶつとつぶやく――へいちゃら　へいちゃら

訳注

＊　一九五九年八月七日〜九日に、台南中南部で起った大水害。

詩集

『燈籠花』

より

57　ひと粒の心の重み

わたしは一通の手紙を受け取った
中に赤い実がふた粒入っていた

あなたの誠実さと善良さを読みながら
あなたの忍耐心と強靭さを思った
あなたは言いよどんだまま……すぐには愛というひと言が言い出せない

苦心して組みあわせた愛なのね
サガの実にはあなたの朴訥さが包まれていて

あなたの秘めた思いを伝えてくる
軽々したひと粒のサガ*の実が
一つの心の重みを負っている
ぜひともこの恋が　実るようにと

訳注
* 相思豆。ナンバンアカズミ。

58　彼らは私の足取りを封じ込めることはできない

彼らは高い塀を築き
実った稲を押しつぶすと
あぜ道を壊して農夫たちを道路から遠ざけた

罪なことにネットを張り
沿道を飛行していたレース用の鳩をひっかけた

誰かが失墜した足首の番号札を緊急救助して
悪意の架設を取り除き
翼を返してやった　柵　の　な　い　空　へ

彼らは籬の囲いを築き
ショベルカーのアームを伸ばして
学校帰りの生徒たちの道をさえぎる

正義はあくまで通り抜けよと私を引っぱる
足取りは母鹿の蹄のように軽やか　高いところを危
　なげなく歩く
彼らは私の足取りを封じ込めることはできない

59　ちょっぴり余計に平和を――日本応援

たった今
型どおりに祝い事を執りおこない客を接待
甘い酒をちょっぴり口にして
どっさり祝福の言葉を述べた

その瞬間
黒い高潮が
映画の世界から跳び込んできて
平和な家庭を突き壊した

世紀の大地震
ショックで私はものも言えない
長い年月の間には……などとは単なる私のたわごと
巨大な波の泡沫

私の無知を許してほしい！　津波 tsu-na-mi
どうして私に原子力発電の耐震係数が正確に計算できるだろうか
どうしたらあなたの気持ちの確かさを探求できるだろうか
どうして地球の終わりを予測できるだろうか

ただ　神のみ
明日のために先頭に立つ神
私たちはぜひとも元気を奮い起さなければならない
彼はきっとその日々を減らして

平和をちょっぴり余計に与えてくれるだろう

60 注連縄 Shimenawa

石川県から来た宮村栄さんが
揉むようにして私の歪んだ藁束を直してくれた
と一瞬にして弾力性のあるしめなわになった

縄の頭と尻尾を結んで
稲妻状に切った白い御幣を2枚差し込む
Aの御幣は子孫を表し
Bの御幣は祖先を表す

しめなわを広間にかけて

大みそかに祖先と子孫の団欒を象徴させる
御幣は春を迎えてひらひらと
まるで新式の対話を始めようとしているかのよう

開運
招福、厄除けを担ったしめなわは
常に心にかけて
入隊の準備をしている若者に
ひと言のたまった
すべてが順調にいくように、身体を壊さないように
必ず無事に戻ってくること

しめなわという小さな工芸品が
私の身に霊験をあらわした

朝まだき　イナゴの幼虫に化身した先祖が

朝露に身を浸してしめなわの上に字を書き
またたく間に　稲妻のごとく消えた

61　バラの想い

（『笠』作品二〇一二）

二〇一五年九月フォルモサ詩人大会のパフォーマンス

バラのブーケを介添えの女性めがけて抛ると
私はもう自分のこだわりや意見を捨て
どうやってわが新郎を喜ばせるかを学んだ

私が化粧を落とし
闇夜の腕を枕にして夢の世界に入ったとき
つぼみのバラも柔らかな月の下で体を縮こませ
ふるえる朝日のなかで微妙なエネルギーを発した

満開のバラよ！
どうか押し黙ってばかりいないで
とりわけ感情が暗礁にのりあげて痛むとき
自分の凋落ばかり気にして
私を再起不能になどしないで

きれいなバラよ！
どうか私の知らない物語を私に分からせてみせて
私の嗅いだことのない香で私に咲き綻んでみせて

62「門」の文字分解学

二つのお日さまが向かい合い
励まし合ったり慰め合ったり
一日じゅう和尚になって一日じゅう鐘を撞きたい

横木の光が
風に吹き消されれば
たちまち暗闇が入り込んでくる

門構えの縦の棒が抜かれ
横の柴を無理やり竃に押し込むと

門構えの縦の棒がずれる

門
が変わって
[illegible]

王が王にまみえる
鏡に映してもぼんやり
秋には傍聴監視者を死刑

すると
口利き　汚職　職権乱用　陳情
出師表[1]
東廠西廠錦衣衛[2]、烽火連三夜[3]、金兵十二道金牌[4]、ウォーターゲート事件[5]
四人組[6]、馬英九の王金平追い落とし事件[7]……

死んだ言葉が続々出土
涙ながらの微笑
鬥
恥ずべき一日

俗にまともな男は女と鬥(たたか)わないと言う
私はその可哀そうな女などではない
ほんとうは台湾人は鬪争が得意ではないのである

訳注

1　臣下が出陣する際に君主に奉る文書のこと。ふつう諸葛孔明の主君の劉禅に上奏したものを言う。
2　東廠、西廠、錦衣衛とも明代の特務機関。
3　杜甫の詩「春望」の中のフレーズ。
4　宋代、金軍と戦うのやめない岳飛に、皇帝が十二通の金牌によって緊急の撤退命令を出した故事。

5　一九七二年に、アメリカのニクソン大統領の再選を図る共和党の大統領再選委員会が、ウォーターゲート・ビルの中にある民主党本部に盗聴器をしかけようとした事件。
6　中国の文化大革命の時期に主導権を握っていた江青、張春橋、姚文元、王洪文の四名のこと。
7　二〇一三年九月、司法を揺るがす口利き事件が発覚し、時の馬英九総統は、立法院長の王金平が関与していたとして王金平追い落とし闘争に出た。

63　雨の匂い

アロマの店で
売っている
自然界に存在する匂い

百合の花には広場の自由の匂いがある
撞き砕いたヒメワンピ[1]には濃厚な熟番[2]の匂い
ミミズの匂いは故郷の泥濘の上を這う
タロイモ＋さつまいも＋とうもろこしで
フルォモサの餡入り餅を蒸し上げる

大融合の匂いはどんなか
互いにまずひと口かじってみれば分かるだろう

ベッドでの出来事の匂い
バナナが熟し腐った匂い
アルコールの匂い
水道水の匂い
天使の匂い
天国の匂い
匂いのない匂い

週末は雨になった
雨には核がない
雨は石油化学工業化されていない
傘を覆う匂いは made in Taiwan

訳注

1　原文は「過山香」。

2　漢化した台湾先住民。

64　後山*ノート

1　列車

レールのカーブ地点で
列車の先頭と私たちの距離が
優美な弧度を描く

窓際の席は惰性的に揺れている
心地よさに妥協して
途中で思わず眠り込む
目覚めればすでに林を過ぎ

椰子の影が連続して流れる様は湿った記号のよう
台風が痛めつけたあとの緑野に倒れ伏している

夕日が巣に帰る者の翼を染めている
夕やみのなかで
鷺の群れが海に向いた紅瓦屋根の家を低くかすめす
　ぎる

山に入る　その瞬間無明の天涯に陥る
洞を出る　まさに白波が岬にぶつかっている
まもなく後山に到着だ

訳注

＊　花連、台東など、中央山脈以東の台湾東部を言う。

2　ショー

盛装した男が
腰に蕃刀と皮鞘を差し
分厚い唇のあいだで「マサロ」と声を震わす
台東のバンレイシ[1]を差し出してわれわれを歓迎

舞台の上の百合の花[2]はうな垂れてすすり泣き
ルカイ族[3]の勇士がたどった苦難の道を吟ずる
どこから魔の声が来たのかしらないが
彼らの歌に私の郷愁が誘われ出てきた

訳注

1　釈迦頭。釈迦の頭のような形をした果物。
2　ルカイ族の女性の象徴。ショーでは頭に飾ったり、手に持っていたりする。

3　台湾の原住民族の一種族。台東県屏東県、高雄市
などに住む。

3　後山部落見物

ニシキヘビが旗竿の上部でとぐろを巻いている
トーテムが部落にいつくようになって久しい
山野で鱗をキラキラ光らせて
部落の人たちに常に注意を怠るなと呼び掛けている

のこぎりで平らにひいた木材の節が
幾重にも重なりあって交錯している
意味するのは若者の屈強な肢体
家族に成人したばかりの男子がいることを示している

部落の川床に石のアートが立ててある
母親が赤子を背負い水牛を引きながら渡っている実像
彫刻家は私の子ども時代のイメージを
後山にある都蘭山*に造っておいてくれたらしい

訳注
*　台東にあり、ピュマ族の聖山。一一九〇メートル。

4　菜食と肉食の後山

夕刻に原住民の旅館にチェックイン
女性シャーマンの木彫りが表玄関を守っている
不思議な顔合わせ
神秘的なあいさつ

学友は部屋の鍵を手にもち
礼儀正しくドアを三回ノックする

家主はまず詫びを言う
台東では寺の祭のため
全市で三日間菜食料理になるという

朝食に豆乳を飲みながら
新聞を読む
国民党立法委員会は国光石油化学工場*を擁護
工場建設は農業に死活問題を作り出した

郷に入れば郷に従い清らかな気持ちで菜食料理を食
　していている朝
後山の肉食料理の味のニュースを読み漏らすのは忍
　びない

訳注
* 二〇一一年、国光石化科技（ＫＰＴＣ）は、彰化県大城郷に大型石油化学プラントを建設する予定であったが、環境問題で建設の是非が問われ、結局、見送られた。

65　草屯[1]のガジュマルの木の下

草屯のガジュマルの木の下に車座に座る
かまどが　燃えている
様々の香ばしい匂いがあたりに漂い　私たちの味蕾
　を刺激する

誰に止め立てできるだろうあなたが子どもの頃の話
　をするのを
春の朴子渓[2]　水の勢いは順調
あなたは嫁に行った姉さんが恋しくて
筏で渡った　お金がないので払わずに逃げた
船頭はかんかんに怒ってどなった：どこの悪ガキだあ
あなたは語る関係ないものをつなぎ合わせた出まか
　せの話を
その頃　あなたはすでに蘭潭から背嚢を背負ってや
　ってきて
草屯に定住していた
道理に合わないその結末を
こっそり故郷の触口に埋めた

物語をこんないい加減に幕引きしたくない
山の村を寂れるに任せたくない

あなたは背後のかすかな物音に耳を傾け
言葉を磨き　詩のなかに込める
礼儀正しく朝日が鞘を抜くにまかせ

柔道の冴えた技を沈黙させる

星たちは靴の上の露を振り落とし
再び古い街並みを訪れる
昼食は
ウーロン茶にコーヒー
私のポケットにはこっそり入れた何粒かのサガの実
奇想天外にも
紫色のフウリンソウのために詩を書こうと懸命にな
　　っている
種の出生地と花苗の生涯についての詩を

草屯のガジュマルの木の下に車座に坐る
かまどが　パチパチと燃えている

訳注
1　台南南投県の鎮。
2　阿里山系を源にし、華南平原を湾曲しながら流れる川。

66 燈籠花*

燈籠花はひとり天上に掛かり
サタンに風を煽がせて点火させるようなことはしない
人がサタンの道理に耳を傾けるようなことはさせない

燈籠花はひとり地上に掛かり
信念の灯油に火を点じる
ひと皿は憂を転じて悦びに
ひと皿は平安を転じて吉日に
暗黒が訪れたときは
いつもの籬の上の明るい一つ一つの光に思いを致す

訳注
* アガペテス・ラケイ。ツツジ科アガペテス属の常緑低木。

67 カササギと桜――済州島*スナップ

百も承知耀くばかりの桜の大通りが
旅人の賞讃のあと凋落し
幻想の銀河を無にするということは

桜の梢にいるカササギは
寒冷な国をかたく守り
いっそしばしの華やかな光景を享受している

目には分からない
彼らの翼がかつて凍傷にあったことは

目には分からない
彼らの巣が一度は封鎖されたことは
けれども耳には聞こえる
彼らが花の満開の朝
咳払いして
霧のたちこめた町を尊大に目覚めさせるのが

吉祥の鳥は
人類の軒下に羽根を休める
どうして悪意によって追い払われることがあり得よう
とりわけ海女がひとり住む家では
今でもたいそう歓迎されている

古い桜の木が植えられている仏寺では
カササギが時おり羽ばたいて
朝鮮半島が応戦した日々を鼓舞し

時おりひらひらと羽毛を落として
南北朝鮮終戦六十年の年月を記念する

訳注
＊　チェジュド。朝鮮半島の南西海上にある大火山島。

68　花畑に闖入した子どもたち

農家の建物に闖入した子どもたちは
籠のなかで絡み合っている蚕を見て
驚きと興奮の叫び声をあげた
好奇心いっぱいでいったい蚕が何匹いるのか数えて
　みる
桑の葉に覆われた下でおいしそうに食べているのを
　加えると
だいたい八百数匹

デシベルを超える子どもたちの叫び声は
まるで朝の鐘のように長いあいだ広野にこだまして
　いた
その年は一九四七年
その日は二月二十八日

報告された殉難者は一九四七名
新たに見積もられた死亡者は二二二八名
桑の木の下に隠れて奇妙な失踪をとげたのを加えると
約一万余名

記念日になると
画像はモノクロに変わる
弾奏する指先はやさしくなる
私の畑でも同情の種をいっぱい撒く

季節になれば
赤や紫のコスモスが一万八千本開花して
大地を覆う哀悼の白花を加えると
二万八千本になる

平和記念日の休みで花畑に闖入した子どもたちの
高デシベルの昂奮した叫び声は
好奇心に満ちた数え切れないくらいの数の黄色い蝶
　　蝶を招き寄せた

69　ひまわり学生運動*

もしこれが革命でなくて
単なる坐り込みにすぎず
単なる叫び声にすぎず
単なるデモ行進の隊列にすぎないなら

暴風におそわれたヒマワリが
踏みにじられるのはいとも容易なこと

生まれつき向光性の花は
そのエネルギーを蓄えていて

よしんば枯れてしまっても
あいかわらず立ち上がる
一本として

訳注
＊　二〇一四年三月十八日、台中間の「海峡両岸服務貿易協議（サービス貿易協定）」締結に反対するデモを行なった学生たちが、日本の国会にあたる立法院を占拠して、社会運動に発展した。

結局生きようとする魂を縛りあげた

玉川上水
文学的深みをもつ川よ
おまえの名声も太宰治[2]ゆえに年を追うごとに沸き立っている

訳注
1　「斜陽」は太宰治の小説のタイトル。
2　一九〇九〜一九四八。若者に人気のあった日本の作家。

70　千草と斜陽[1]

斜陽はあなたを気にする
破滅的なロマンスはあなたを気にする
妻は風の微妙な言葉など気にしない

風の足跡は自由気ままに左岸の居酒屋に出入りして
千草(ちぐさ)で跪いたまま本を読み
頽廃した人の世について書く

雨が三鷹市に訪れるシトシトと
軟弱な私娼街が

71　夜鬼怒川に泊す

無臭無味透明無色
様々の疲労が取れる鬼怒川温泉は
幾つもの善意が述べ立てられるけれど
私はやっぱりおまえの名前が恐ろしい

おまえは滝の音で深夜の静寂をかき乱す
一匹のさなぎが
幻聴の掛布団のなかに自らを縛りつけ
もう一つの山のことを思い出している
こだまは
つねに自分の山河に向かって咆哮する

鬼怒川の風景よ
おまえはつまるところ日本の景勝地
温泉が精神的な抑圧をゆるめてくれる
谷川の流れはおもむろに
私の恐れを洗い流し
流れる水音が私の心を滑らかにしてくれる

72　島めぐり

1　クルーズ船

観光船が追い風を受けて台湾を離れる
そこでおまえは別の植民島に住むことになった
おまえの身分はすぐに認められ
行動の自由が与えられる
将来
この作られた町で生活しても
管轄権はやはりそれに帰する
おまえは海鳥の群れを集める
網は打たず
漁獲のないことも心配しない

2　船

船は風に逆らい　おのれの航行主義を実践し続ける
ふいに暗流に出くわして
船体が激しく揺れ　おまえは眩暈にみまわれる
もしも夕日が
キンケイのようなあでやかな長い尾を引いて
海と空を分けなかったら

この紛争を孕んだ色彩と境界線を
おまえは見まちがえたことだろう　竈の中から真っ
　赤に焼けた火ばさみが
よく焼けたサツマイモを　取り出したのだと

3　歌劇場

歌劇場のステージで
スペイン女が口に
彼女の唇よりももっと赤いバラを咥えている

身を翻し
尻を持ち上げてポーズをとる
ステップを踏みながら
ドラムを叩いている闘牛士

ショーを見ているおまえは
拍手の音に合わせて
自らが荷を下ろしたばかりの労苦をねぎらう

4　夜

おまえは十分楽しんだようだ
満足げに部屋に戻って就寝
下段ベッドから聞こえてくるのは　もう少しで売ら
　れるところだった子どもの頃の話

夜どおし滔々と絶えることなく
彼女の記憶のなかの古い恨みを語る
告発しながら　清算しているのだ

戦後生まれのおまえは

島国で起こった悲しく恨むべき出来事のために
異質の慣性を磨き上げたらしい

彼女の不幸については
睡眠に影響ないくらい冷静
規則的に歯ぎしりしたりいびきまでかいている

知らぬが仏
暗い海では一晩中小ぬか雨がふりつづき
暗流が脳みそを絞っておまえの甘い夢を切り刻もう
　としていたのに

5　雨

雨はあいかわらずしとしと降っている
観光船は　福岡に向かって接岸手続き

そこでおまえは
ビーチパラソルのあいだを移動して
さらに大きな島に上陸した

おまえはかっ飛ばされたボールに
ついて
ホームランの果てまで追い
ヤフードームで
一本足打法*の足跡を捜した

訳注
＊　野球の王貞治選手のこと。

6　大宰府

大宰府の古跡へと続く
まっすぐなわずかに坂になっている参道
梅が枝餅の匂いが
赤月祭*と書かれた幟のあいだに溢れている

先に参拝それから食事
先に身を清めてそれからお辞儀
礼節の決まり事が
おまえを前に進むことに専念させ
おまえの空腹を隠してくれた

訳注
＊　未詳。

7　長崎の太陽

太陽がついに顔を現わした
原子爆弾が長崎を爆撃したことを
どうして目撃しなかったはずがあろう

作り話をした米軍機が当初言っていたのは
悪魔的な濃霧に目をくらまされた
投擲の目標は……もともと無人島だったと

ならば
歴史年表の起こってしまったことの記載は
そのまま七十年に及ぶ
家の前の竹の影は今もなお門扉に焼き付いている
時間の振り子は常軌を逸脱した振れを拒絶する

平和の鐘の音が
鳴り響く
おまえはいっそう近くに寄って
爆撃地点に向かい深々と
お辞儀をする

木の上を飛びかうカラスはすでに喉の調子を整えお
　わった

人工の滝がさらさらと振り落ちて
熱をさます　灼熱の大地の
おまえの喉にとつぜん渇きの痛みが走った

8　彫像

使者の雄壮な彫像が
祭壇に佇立している

その片方の手は天を指している
災いは天からやってきた
平らに伸ばした右手は
人類の平和と　野心を解き放つことを呼びかける
左足を内側に縮め
苦難の地に静養と復原が必要であることを象徴して
　いる
右足は　いつでも歩き出して世の人々を救う

おまえは
折り鶴を

花々と祈りの言葉のあいだに放った

9　夕日

夕日はほとんど船尾の食堂を突き抜けんばかり
テントの外は　あたたかな長崎港
小学生たちが大型船に向かってしきりに別れの手を
　振る

晩餐が始まった
船長も、商務主管もやって来た
ウェイターはしばし料理を運ぶのをやめ
宮中式の両側の階段から登場
白いナプキンをひらひらさせて
まるで巣に帰るサギのように人の字型に並ぶ

マジシャンがマジックで一羽のカモメに変えて
投げ放つ
波のかなたへと

10　島の帰港

たまさか停泊した折の甲板の上
午後のバーで
おまえは海洋詩人に巡り会った

メキシコビールを一杯ついで
乾杯
大波を恐れることを知らぬ魂に敬意を表して
落日がおまえの両頰に照り映え
ほろ酔い加減のカモメが喉を潤して口ずさむ

73 サクランボの首かざり

憂鬱の水分で膨張した梅雨が
枝についたサクランボに
成熟を拒ませている

あがき抜いた三十九歳
あなたは赤色に黄色が透ける高度で
墜落した

一個の丸い記号
不惑の年にもならない果実は

青春に句読点を打った

その他は六月のために残しておき
桜桃忌[1]をしのぶ女性たちに
甘酸っぱさを味わってもらおう

若いファンたちのために残した分は
サクランボをつなげて首かざりを作り
人間失格[2]の墓標に掛けるのだ

訳注
1 太宰治の忌日。六月十九日。誕生日に愛人とともに入水自殺した。
2 「人間失格」は太宰治の小説のタイトル。

74 極地の春――チリにて詩人の足跡をたどる

1 春の錯覚

チリ　極地を象徴する Chele
今宵私たちはロンドン街の宿に泊まった
十月の街路樹はまさに芽吹きの時
三世紀半植民地にされていた憂い悲しみは
クラシックなカーテンの内にしまい尽くされて
春ではないかと錯覚する

モダンな若い男女が

パリ街の広場で斜めに坐り
深夜まで議論をしている
もしかしたら何も話していないのかもしれない
青春の錯覚

2　にゃんこのネックレス

バッハみたいな容貌の手工芸職人が
朝早くから　繰り返し繰り返し
ショパンの雨だれ協奏曲を弾いている

数日来にゃんこのネックレスをしているので
私はまるでネックレスのなかに住んでる猫みたい
夜中に夢から覚めるとニャアオと鳴き
昼間は瞳孔が一直線になり尻尾が縮んでいる

出会ったのは海外での流浪からチリに戻った
Quilapayun[1] 国際楽団
パーティの演奏はクライマックスに
猫が　とつぜん身を躍らせてネックレスから抜け出
して
叫んだ：団結した人民は永遠に壊滅させられること
はない
El pueble unido jama, s sera, vencido[2]
何度も繰りし歌ったのだった

訳注
1　キラパジュン。チリのフォルクローレのグループ。
2　日本では「不屈の民」として知られる。スペイン語の歌詞はキラパジュンによる。

3　春をせき止める

沿岸のなんと細くて長いこと
ユーカリの木が柔かな枝をいっそう長く伸ばして
空気中の汚れを拭い去り
世俗の生臭さを濾過して
鉱山で眠っているトカゲをそっと揺り起こす
翼の長い黒鷹を招き
手を携えて春をせき止める

4　海辺の小学校

Los Vilos[1]の海辺の朝の光のあとについて
ＡＶ小学校[2]を見学
教室の子どもたちが活発に質問する
「皆さんは中国から来たのですか？」
「No!」まるで春雷のような返事に
子どもたちは挫折気味
教師はすぐに世界地図を広げ
台湾からの来賓に中国とはちがう位置に丸をつけて
　もらって
子どもたちを慰めた

訳注
1　ロス・ビロス。チリ共和国コキンボ州の港町。
2　ABELAROD VENEGAS という小学校で、ＡＶ（視聴覚機器）を使った授業を参観した経験に基づく。

5　チリ大学の花木

センダン[1]の花がキャンパスに咲いている
薄紫色の細かな花がひらひらと散り落ちる
大地に繋がる姿はすこぶる馴染みのあるもの

守衛室の傍らで
バウヒニア[2]は静かに何を考えているのだろう
新春には艶やかになろうと画策しているのかもしれない

訳注
1　原語は「苦楝花」。台湾では広く自生し、苦難に耐えることの象徴になっている。
2　原語は「莿桐花」。

6　シャガールの絵

青春の学徒は頻繁に行き来するがよい
落書きだらけの芸術区の回廊を
感情が虚構した視野のなかを
シャガールは絵筆を置いて
坐り込み
台湾のフラッシュモブ族*の朗読詩に耳を傾けている

訳注
*　flash mob。インターネットや口コミによって集まった人々が、人前でダンスや演奏などのパフォーマンスを行ない、すぐに解散する即興の集団。

7　高校生

首都サンチアゴの高校生は
来訪した詩人に会えて期待満々
次から次へと自分の詩を朗読した

十八名の大統領を輩出した名門校
高校生のポケットにはメモがしのばされて
台湾への質問の準備万端

8　雑貨店

雑貨店の低い梁と柱に
びっしりとダンス用のハンカチが挟み込んである
男物のダンスシューズの上に歯車が刺繍してあるもの
赤い風鈴花（カンパニュラ）を刺繍したもの
純白のものだってある
陽の光が　格子窓の上に止まっている
雑貨店のラジオが　台湾語をしゃべっている
台湾詩人訪問の実況中継
同行の李魁賢*氏の詩の朗読が聞こえた

訳注
＊　一九三七〜。台湾の詩人。『笠』の同人。

9　教会修理中

日の影がだんだんと私の目を移ろわせる
途中の　この教会は現在修理中
ドア側にもたれて
イエスは恐怖の木彫りの上に釘付け

私は文学の道を急ぐために
痛むくるぶしを揉んでみる

10 Gabriel Mistral[1] 訪問の途中で

ノーベル文学賞受賞者の Gabiriel Mistral を訪ねる途
　中の
エルキ渓谷の空気はことのほか乾燥していて
まるで異星人の家に来たかのよう

咳き込む喉
白衣の薬剤師は台湾からの客に驚き喜び
薬の代金をまけてくれた
そのうえさらにおまけ「台湾 Formosa[2]」だって

訳注
1　ガブリエル・ミストラル。一八八九～一九五七。チリの女性詩人。一九四五年、ノーベル文学賞受賞。
2　フォルモサ。台湾のこと。

11 パルパライソ[1]

サンチアゴ空港に別れを告げた
マンツォ[2]は詩人の憂鬱と悲しみをみせながら言う
　さようなら台湾
けれど内心の悦びを隠せず吐露した　四十年前の春
彼の友人を殺害した　その人物が
昨夜ついに収監されたと

パルパライソのためにグッドニュースをもたらした
　だけではない

ネルーダ[3]とその妻マティルデはとりわけ昂奮したこ
　とだろう
ああ！　春の錯覚

訳注
1　原語は「天国谷」。チリ中部の都市。
2　Luis Arias Manzo。チリの詩人で、当時の詩人会議の責任者。
3　Pablo Neruda。一九〇四〜七三。チリの国民的詩人。一九七一年、ノーベル文学賞受賞。

75　生態海岸線漫遊

石がひと粒ひと粒肩を並べあい
生態区の版図をとり囲んでいる
タンポポの綿毛が
線沿いに風の足跡を追いかける

まっすぐ伸びた大きな葉の龍舌蘭が
武士のように背筋を伸ばして一列になった風景を作
　り上げている
心の内に次々と讃美の想いが湧いてくる
その不可思議な遠い彼方に

見え隠れする太平洋の彼岸

岩礁の上のサンゴ一本が懸命に柔軟体操をしている
頭上の青い波の光を捕まえようとしているのだ

黒ワシが低空をかすめ飛ぶとき
サボテンが一本の権力の手を下において
砂丘から雛菊を失った寂しさに耐えている

茂みの下には鋭い刺がどっさり
爬虫類にはそれぞれ通り道が分かれている
カメレオンはそこに平穏無事に出没する

紫色の野の花それぞれが
裸のまま風に取り付き
岩に向かって青春の年月を訴える

夢のなかで私を忘れないでと呼び掛けているようだ

無辜の波しぶきが
ひと呑みで潮流の巨大なブラックホールに巻き込ま
　れる
ホールのなかではゴウゴウという恐ろしい吠え声
虚勢をはって
同じ島に暮らすアシカたちの度胸を試している

76 ハンガイ*漫遊

都会から離れて
私たちはそこを通りすぎた
チンギスカン
世界一巨大とされる銅像が
モンゴルの国土の屋台骨を守っている

銅像から離れて
私たちはここを通りすぎた
ヒツジの群れは青山のふもとを頼りとし
牧人は草坂に仰向けに寝ころんでいる
ウオッカの空き瓶が陽光に酔って伏せっている

ヒツジの群れから離れて
私たちはそこを通りすぎた
牧人が喘ぎながら矢のように追いかける
迷子のヒツジを連れ戻さなければならないのだ
それで私は赤銅色のなじみ深い夢郷に引きずり込まれた
神の道は案のじょう水晶のような山上で光り輝いている

奇妙な景色から離れて
花を葬ったばかりの場所を通りすぎた
国家保護区緑色のハンガイ
天国にはいったい何頭のウシウマヒツジがいるのだろう

答えは私たちに同行した牧人だけが知っている

いくつもの真実を通りすぎて
足取りはすでに青空に迫っている
モンゴルパオが今夜の家
あなたの家　私の家　彼の家
入口の前に勝利の幟が挿してある
野原には黄花白花紫花がここかしこに咲き乱れている
太陽が私たちの家の談話室に入り込み十時になると
離れていった

訳注
＊　モンゴル国中央部の山脈。

77 桐の花の雨

朝風が
山に登る足音を聞きつけて
ひと盆ずつ桐の花を差し下ろす

花芯には脂粉の香り
まるで花の傘を次々と開いて
風にのって山を下りるよう

ある花は　葉の表面に落ちて留まり
仰のいて世の風雲を眺めている

ある花は　落ちて木の枝に集まり
民族流浪の大河を顧みている
私は若々しい温情を幾ひらも受け取った

桐の花の雨は山風を突き抜け
　杉林を突き抜けて
　地上にまろび落ちた
桐の花の雨が　私をびしょ濡れにぬらす　びしょ濡
　れに

78 センダンの小枝に花がいっぱい

中国人が台湾を領有した
ラッパを吹き、銅鑼や太鼓を叩いて
台湾に軍隊式の歩調を取って前進せよと指揮する
当時
台湾の従順な民は旗をパタパタ振って万歳万歳と叫
　んだ
オンドリは首筋を伸ばして国土再興の俗謡を歌った

台湾笠を被った女性
聡明な母親は

昼間は、良い種を撒くことに務め
水田に膝まずいて
われらが遠い祖先に降参した

大きなスカーフを首や頭からはずした母親は
家畜を満腹させ台所も片づけおわると
夜は
さらに一人二人かわいい子どもを産まなければなら
　なかった

われら台湾の母親は野生のセンダンの木のよう
すんでのところで刈り除かれる運命だった
幸い神様が　われらの弱さと篤実さを深くいとおし
　んでくださった
春になった　センダンの木はまた紫色の花をつけた

調和、平安、幸福、微笑、善良、音楽
太陽の光がすべての小枝に花を咲かせた

79　春うららか柳営の南湖あたりをあるく[1]

春うららか散歩するうち柳営郊外の南湖に着いた
一本また一本と「洪門」の幟が
陳永華将軍の墓の四隅にさしてあるのを見ていると
まるで忠実な護衛になって「天地会の教主」を守っ
　ているかのよう

白い蝶の群れが静かに飛んでいる
おそらく将軍の愛妻の洪淑貞がここを離れがたく思
　っているのだろう
彼女の化身が私の足取りを導いて

ゆっくりとこの歴史の寂しい長い河を歩いていく

将軍の古塚には囲いがない
まるで誤って隘路に迷い込んだよそ者に
早く濃霧から離れよと忠告しているかのよう

園内ではモクセイの花のすがすがしい香りが
空しく煙る線香に取って代わっている
春風が思わず足を止める
声に出して従軍の簡単な歴史を読む
臥龍将軍との　超自然現象的対話

なんと将軍あなたは鄭經に提案したのだ　台湾を視
　察するふりをして
福建・金門の管理権を鄭泰に委託するよう図った
後で捉えるためにわざと放っておくという策略でい

　　とも簡単に裏切り者を逮捕した
時はすでに三百五十年を経過
台湾に入植した主について当時の記載はきちんとな
　　されていない
ましてや現在の台湾の主体においては
いくつかの政治的要素、身振り手振り、神への擲盃
甘言頼り、祈祷によって生活している

将軍のご立派な三つの美徳：立徳、立功、立言は
道義的にはきちんと南湖に刻まれるべきだが
残念なことに墓の碑文はあいまいな古跡と変わり果
　　てた
折よく野次馬根性で好奇心旺盛なお月さまに残して
　　やって
元宵節[2]の燈籠なぞなぞになっている

訳注

1　台南市柳営区果毅後南湖に陳永華将軍の墓がある。陳永華（一六三四～六〇）は鄭成功とその息子鄭経を助け、鄭氏政権を支えた。その識見は臥龍将軍（諸葛孔明）に比された。民間では清初の秘密結社天地会を開いたとされ、洪門は天地会の一派である。鄭泰は鄭経のいとこ。

2　旧暦一月十五日。家や通りに灯籠を飾り、団子汁を食べる習慣がある。

80 ザボンの花

（『台江』3期二〇一二）

寒流は過ぎ去った
ザボンはちょうど開花時期
春がわれらの大地をいとおしみ
赤い花はなおのこと赤く
白い花はなおのこと香り高い

ザボンの花は
三月の雪のように白い
憂鬱は心の内においておかないで
ミツバチがブンブン飛びまわり

こっそり私のくちびるに口づけした

81
牛墟[1]

一四七の日は塩水牛墟
二五八の日は善化牛墟
蝶々が好奇心にかられて村から飛び出し
子犬もつられて興味しんしん外に出た

交易する牛もいない牛墟
牛の頸木、鍬、鋤、箕
暮らしのために、秋まで持ちこたえさせる
骨董、エレクトーン、雑貨売り

市場での売り声は
まるで蚤の市さながら
交易する牛もいない牛墟には
人また人

呼子が鳴る
もうすぐ爆弾あられの爆ぜる音がするぞ
ニワトリやアヒルは恐れおののく
オウムがひと声叫ぶ：早く逃げろ早く

もしも腹が空いていたら
サテソース味の油菜炒めをひと皿注文
台湾の牛肉と大陸娘（レタス）の炒めもの
話の種がほしい人は
鹿茸酒（ろくじょう）[2]をひと瓶注文
寂寞がほろ酔い加減になるまで付き合ってくれるだ

ろう

訳注

1　もともとは牛の取り引きをした場所。北港、塩水、大目降、善化の四ヶ所があった。

2　鹿の袋角を乾燥させて入れた薬用酒。

82　私たちは悪地の旅の途中にある

二十世紀は、すでに過ぎ去った
私たちはいま昇格した都会の敷居を跨いでいるところ
ギンネムの褐色の莢が白亜紀時代の地で揺れている
マンモスはあいかわらず牛埔[1]の下で行方不明
私たちは悪地の旅の途中にある

あなたはとつぜん私に訊ねる
いったいマカタオ族なのかそれともヒッタイト人な
　のかと
私の配偶者欄には平埔シラヤ族[2]と書き加える

血統には純血も正統もない
雲の端に居並ぶ先祖たちの名前がいま族譜を突き抜けている

けれど紫色のカッコウアザミに似ずこのおしゃべりな外来種の野の花が
母なる大地のＤＮＡに混じっている
言語には純粋も正統もない、私たちはほかに何の言うべきことがあるだろう？

人煙稀な自由な密度を吸い込んだ
楽天的な果樹農家は自分らは噴霧する農薬を買う金もないほど貧乏だと笑いながら言う
古い新聞紙を利用して特産品を包むという飾らなさ
けれど、新聞の特大の見出し——ベータアドレナリン作動薬入りアメリカ牛は
けっして彼らの生産物の商標ではない
ここから二十一世紀に昇格した都市まで
辺境のハマビシを轢いて、確実に道路の揺れから遠ざかっている
けれど、私たちの旅は今もなお悪地の外側をまわっている

訳注

1　牛埔泥岩水土教育園區は台南市龍崎区にある自然観察地。

2　台湾原住民族で、西部の平野に住む平埔族の一支族。

83　戦争と平和

戦火というのは
大自然が起こした火のはずはない
八二三金門砲撃戦[1]に流動しているのは
血気の火の海[2]

もしも二二八事件を戦争だと見なさなければ
そうしたらカラスが啼いた時
全身に鳥肌が立って
戦いの暗い影はたちまち消えてなくなるというのだろうか

台湾日本の特別志願兵も
奇妙な興奮と共に
戦後に母なる植民地の土を踏んだのではなかったか

歴史はくりかえし傲慢に
霊を弔った
勇士たちの牡丹色の軍服
日清戦争は　私たちの記憶から　離れていった
ずいぶん遠くへいっただろう
清朝は日本に台湾を割譲した
あたかも捧げるべき供物のように

台湾全土に乙未戦争[3]が燃え上がったのは
けっして理由のないことではない
それまで詩を吟じ月を愛でていた歩月楼[4]さえ火事に

見舞われた
扇型や円形のロマン
窓という窓が銃眼となったのだった
平和があげる花火が
民族を分裂させる炎のはずがない
戦争が放った火の光が
どうして大自然の真の光になるだろう

訳注

1　一九五四年八月二十三日から十月五日にかけて金門島で行われた、中国の人民解放軍と台湾の国民党軍による砲撃戦。

2　血と海、原語は「火海」。ちなみに詩人の敬愛する葉笛（前出）は八二三砲撃戦に参加し、『火与海』という著作がある。

3　いつびせんそう。一八九五年に大日本帝国軍と台湾民主国軍・台湾人義兵との間で戦われた戦争。台湾の植民地化を決定づけた。

4　台湾が日本に割譲されたとき、乃木希典率いる日本軍に対して、屏東・六堆の客家人は、のちに「歩月楼の戦い」と呼ばれる激しい抵抗運動を行なった。

84 咆哮する春

ひまわりが街頭を守備している　冷静だ
ヒマワリは街尾*に期待している　冷静だ

教師は
冷静でいられず
戸外に出る

白衣の医師は
闇夜を突き破り
血に染まった春に向かって咆哮する

訳注
* 原語の発音 jiewei は、「結末」の意味の〈結尾〉と同音で、「街頭の端、周辺にいる支援者」を指すと思われる。

『利玉芳詩集』より

85 ドア

（『活的滋味（生きることの味わい）』）

長い廊下の両側は
たくさんのドアが閉じたままになっていて
習慣的に他人が開けておいた一つのドアから
出入りする

開けよう
私がすべてのドアを
開けているとき
太陽の光が燃え移ってきて
驚き喜んでくれる　どのドアの内側にも
私の燃えるような目があることを

86 しっぽの切れたトカゲ

（『活的滋味』）

もしもある一つの心が
私のせいで窓の外に取り残されたとしたら
そしたら傷ついた愛は
どのように再生するのだろう

窓の内側で
狩りをしているとき
しっぽがとつぜん私のせいで闇夜の
窓の外にとり残された

壁を生き残った部分の影が上っていくと
良心が残った傷跡に光を当てる
すばしこく這うさまは
それが再生していることを物語るけれど

87 弔い

（『活的滋味』）

正確に指し示すことのできる人は減るばかりの
私の出生地
私の耳だけが
私のひとり言に耳を傾け
私の言葉がまだ消失していないことを証明してくれる

コサギが南へと飛ぶ故郷では
人々は今でもきちんと発音する
ぎゅうっと方言をつかまえて放さず
俗謡を歌って自衛している
けれど一か所として
彼らの憤怒と同情を持続できる場所はどこにもない

そのため
汚染された山河には憂いが宿り
高圧線で分断された空には恨み憎しみが積もり
テレビに占拠された学童の目は
自分の言葉を軽視するようになった

私が弔っているものはもしかしたら保存する価値も
　ないかもしれない
それでも私は今でもなおその損失を惜しんでいる

88　血走った眼球

（『活的滋味』）

あなたは醒めている
不安の血すじがあなたの目にいっぱいできているけれど
あなたは醒めている
　あなたの詩が時代の哀愁を隠せないのと同じように
私もあなたの自己憐憫と孤独に感染させられている
醒めているあなたは
あの頃のあの恋人がありながら
額に深い皺を寄せていた若者なのではないかしら
私はついに分かった
セミの鳴く季節に　セミが鳴かず
盛夏の八月なのに　風がなく歌も聞こえない原因が

不安の血すじに占拠された地球が
大地の亀裂の傷跡を隠しきれずにいる
あなたは醒めている

89　平安を祈る

（『向日葵』一九九五・秋）

太子宮[1]の祭りのあの日
むやみに信じて
百元を払い
平安橋[2]を渡った
敬虔な気持ちで道士[3]の祭り道具のあとについて歩ん
　だが
私は橋のその一端で立ち尽くしてしまった
よく響く鈴の音が
前と後ろで私を揺さぶり
早く早くとせかす
自分のために平安を祈る
息子や娘のために平安を祈る
夫のために平安を祈る
母親のために平安を祈る
台湾のために平安を祈る

あ！　鈴の音が止んだ
たったの百元払っただけで
こんなにたくさんの平安を祈るなんて
神様は私を特別扱いしてくれるだろうか？

訳注
1　台南市新営区にある道教の寺。金吒太子、木吒太子、哪吒太子を祀っている。

2　祭事の時に廟内に仮設する。厄払いの意味がある。

3　道教の僧。

90　月も黄色いリボンに繋がれている

（『自由時報副刊』一九九九・一〇・一四）

中秋の月はほんとうは明るいもの
山々はほんとうは多情なもの
いかんせん怪獣が一晩吠えたあと
青い山は黄色い土に変わり
月も黄色いリボンに繋がれている

怪獣がくしゃみを一つすると王朝が揺れてこわれ
巨大な足が南投の陶器の甕を踏み潰した
けれど山暮らしの夢は潰せなかった
そいつはクダクダに酔っぱらって次々に紹興酒の甕

を割った
けれど鏡のような埔里[1]の水は割れなかった

集集[2]の汽車はまもなく発車しようとしている
そいつに見させるな
よろよろと台湾というプラットフォームに無様な格
好で入っていくところを
我らがフォルモサの兄弟姉妹たちよ
お月様がふわり落としてくれたタオルを拾い上げて
蹂躙し尽くされた島の流す涙を拭い去り
緑の希望を再建しよう

訳注

1　南投県の北部。台湾の地理的中心地に位置する鎮。一九九九年九月二十一日に起こった大地震で甚大な被害を受けた。

2　南投県集集鎮。集集線台湾のほぼ真ん中あたりの山間部。やはり地震の被害が大きかった。

91 もや

（『活的滋味』）

今夜の冷凍餃子には
あいかわらず謎めいた肉が入っている

だがサラダ油の中のサラダ油は
安心して使えるように見える

けれど老父の焼酎のコップは
三十年来の真情を飲んでいる

私の
換気扇は
宝の島の真っ黒いもやを懸命に吐き出している

青緑色の菜っ葉は
虫に食べられていない
手間をかけ野菜を水に浸して農薬を洗い落す

ウシガエルは結審のあと
すでに田園から放逐され毒殺された

保菌者と診断された養殖エビは
私の大皿のなかで飛び跳ねることを拒否する

92　巨大なジャコウネズミ

（『向日葵』）

夫の腕が
深夜しばしば優しさを失い
ジャコウネズミの体臭を発散して
私の夢を追いはらう

私の夢の世界に潜り込んだのは
たしかに一匹の巨大なジャコウネズミ
そいつは宿無し
紙工場はそいつを飼っているとは認めないし
加工工場もこれまで繁殖したことはないと言う
誰にも注目されないやつが
勝手気ままに深夜に活動し
こっそり排気ガスをはき出して
急水渓両岸の息の根を止めようとしている

それなのに大部分の市民は
あいもかわらず熟睡している猫さながら
硫化水素にメチルメルカプタンが入り混じった夜半
　に縮こまって
いびきをかき
ジャコウネズミがすでに闖入していることも知らず
　にいる

谷川のほとりのアオガエルはその歌声を止め
星たちも我らが地球から離れて行った

一九八四年農薬工場でガス漏れが起こり
二十万のボパール[1]の人を毒で殺傷した悪夢
インドの動悸はいまなお続いている

たしかに巨大なやからが一匹
私の故郷にもぐりこんだ
勇者のように天に向かって聳え立つ煙突は
そいつの宣誓を聞きたいと思った
二度と両岸に危害を及ぼしません
さもなくば、トラックのエンジンをかけ
子どもたちを乗せて
呼吸可能な南方へ逃げます

おお！　南方にだって巨大なジャコウネズミが一匹
　いて
昼夜を問わず中華石油公司の大煙突のてっぺんから
　出没している
ガスを排出する臭気
カリフラワーは汚点を記されたくない
水も濁りのない日がくることを願っている
だから驚いた後勁[2]の人々は
もう昏睡状態から醒めた
争うことの嫌いな彼らが
白い布切れを高く掲げて
北方の街頭を歩くことを迫られている
反五軽運動[3]
南方も静かではいない

どの窓もしっかりと閉ざし
ジャコウネズミを鼻先でシャットアウトして
わずかに残された互いの穏やかな空間を守りつつ
自力救済を叫んでいる

訳注

1　一九八四年にインドのマディヤ・プラデーシュ州ボパールで、農薬製造プラントがガス漏れ事故を起こし、大惨事になった。

2　高雄市楠梓区内の一集落。

3　高雄、中華石油公司にかかわる反公害運動。

93「お化け」[1]

（『向日葵』）

月はすでに昇っている
蛇籠（じゃかご）[2]が　星の下で匍匐をつづけている
拒馬（バリケード）は休むことなく　大通りの真ん中を疾走し
陥落させてはならない陣地を封鎖する

その唾棄され
破壊されたベルリンの壁のレンガが
いつの間にかアジアに運ばれて
台湾の某文明の広場で別の壁を建造している

壁の東には
青色の「お化け」が　無表情で立っている
壁の西には
緑色の幟が立ち　そよとも動かない
壁と対立して　公平に事柄を解決したい
だから　幟の外にはさらに支援の幟がある
　人波の外にはさらに響くどよめきがある

どよめきが次第に退いたあと
盾が突如重さに耐えかねて倒れた
青い「お化け」も倒れた
倒れた青色の男の子よ
ぐっすりお休み
お星さまさえ目をしばたいてあくびをしている
青色の男の子がどうして疲れないはずがあろう
蛇籠の鱗は光や色を失い　拒馬の英姿は消えた
青色の男の子がどうして厭きないはずがあろう

山積みに廃棄された発泡スチロールの弁当箱が
今また壁を築いている
東で眠っている「お化け」
その台湾の男の子は
青色の夢を見ているのだろうか

空は青い　なぜなら解放を獲得したから
海は青い　なぜなら自由を獲得したから

男の子の着ている青は見るからに憂鬱で重苦しい
それは自分のヘルメットと盾が対立したからなのか
それとも自己憐憫の「お化け」がこっそり祟ってい
　るのか
取り散らかされた空き缶と血の色をしたビンロウ汁

は「お化け」にしてしまおう
西の緑の公園を見上げてごらん
静かに地球の肺　平和の呼吸に耳を傾けよう

原注
＊「お化け」は日本語で、中国語の「魔鬼」の意。
訳注
1　タイトルおよび文中の「お化け」となっている個所は原語も日本語。
2　粗く編んだ長方形の籠に石をつめたもので、土砂の防止などに使う。

94　しずかに洛神花茶を味わう朝

（『女鯨詩集』2）

一本のキワタの木を植えたのは
単に境界の標識にするため

正月にすっかり葉を落とした木の幹が
赤裸なのはカボアソア[1]の開花を待ち受けるため
枝があまねく赤に染まる二月は
野バトの春の饗宴のもの

わたしが静かに洛神花茶[2]を味わう朝は
折しも二二八記念日

洛神花茶には辛酸の味がする
キワタの花は悲哀の色に染まる
異様な幻覚は
私の追悼の儀式なのだろうか
折しも白バトの群れが飛んでいく

一九九九年二二八平和記念日に

訳注
1　キワタの花のこと。平埔族の言い方。
2　洛神花（ローゼル）の花や果実（正確には肥大した萼と苞）を乾燥させたハーブティー。ハイビスカスティーということもある。

（『活的滋味』）

95　結婚

宝くじを買う人
ある人たちは両目を見開いて
自分が一番好きな番号を選ぶ
ある人たちは目を閉じて
神妙に大吉を引きたいと願う
ある人たちはただ両手を広げるだけ
店主が選ぶのに任せる

ところで私は　こっちの目を見開き
　　　　　　こっちの目を閉じて

私の生涯の蓄えと引き換えに
右目が目をつけたその宝くじを買った

（『活的滋味』）

96　嫁ぐ（一）

ゆらゆら揺れる耳飾りが
私の耳元でチャリンチャリンと鳴り響く
御簾の外には
ドアを開けた花嫁の車
じりじりと待ちかねた顔をしている
琥珀色の指輪のそれぞれに
伝統的な情と愛がはめ込まれている
祝福の声々は
まるで私の左右の手に付きまとうかのよう

それらにはほんの少しも疵があってはならない
不透明なベール一枚を隔てても
私には長老の目に書かれている
あの冗長な礼教が読み取れる

花嫁の車のエンジンがかかると
私の背後で水をまくおごそかな落下音
私はどうして珍重せずにいられよう
撒かれたこのひと碗の水を

紙扇子をそっと車の窓から投げ出す
うまく父母が拾い上げて
涼しい風が扇ぎだせるように

（『活的滋味』）

97 嫁ぐ（二）

嫁入り道具がないので
ベールの
重さに私は恥じらう
温かな手が
上げさせる　私のこの化粧した
蒼ざめた顔を

ついに
草原に嫁いだ
弊屋に嫁いだ

水田に嫁いだ
養魚地に嫁いだ
心から願って

仕事に疲れると
身も心も投げ出し
あなたのその太くて黒い腕を枕にして
ぐっすり
日陰で昼寝

あなたに対して
私は一度だけ
賭けをしてみたい
まずは私に振り出させてみて　この文字を
一か八かの勝負
それは

98
猫

（『活的滋味』）

野良猫の鳴き声は何の役にもたたない
でも私の情調不安は野良猫の鳴き声のせい

私と野良猫とが自分たちで機会をもって
静かな時空で凝視し合い
互いに相手の呼吸を感じ合うとき
野良猫はもう野良猫でなくなっているだろう

思いがけず気がついた
それの目はつまりは私の失くした目なのだ
それの闇夜に拡大する瞳孔は
周りに仕掛けられた罠や疑い怯えのせいではないの
　ではないか
猫の目はつまり私の目
それの闇夜の軽妙な忍び足は
情調不安定な人を煽り立てるのを避けるためではな
　いのではないか
猫の足取りはつまり私の足取り

もとは猫が哀れげに鳴くのは飢えのためだと思って
　いたけど
私は目撃したのである　それが冬の寒さのなか魚の
　死骸でいっぱいの土手を
振り向きもせずに通り過ぎ
それから冷く沈黙する広野に向かって
ひと声叫び声を抛ったのを

それは私が長いあいだ隠していた声だと気がついた

（『活的滋味』）

99　古跡修復

驚喜するのはあなたのその私から遠ざかっていた
　　　　　　　　　　私を忘れ去っていた
手が
私の痩せた乳房を
まさぐっている
未練たっぷりの若妻の初めての頃の豊満さ
さらに言うなら
歳月が留めた情に
よって私のお腹のまだらな妊娠線を飾ろう
手よ

修理しておくれ私の
驚喜するあなたのその情緒纏綿たる愛を

100 酔いに任せた夜を私に

（一九八四・冬）

魅惑の香りを目の前にして
好きだという想いは隠すべきかしら
淑女のように行儀良くして
私の酒好きを堪えるべきかしら

あなたにはきっと納得できないわね
私がとつぜん処女のようになって
壁を
あなたの前に作るなんてことは

もしもほんとにお上品ぶったら
きっと今夜は私のせいでつまらなくなる
あなたは一夜の愛が得られなくなるし
一夜の情も得られなくしてしまう

私に勇気をください
すこしばかりのほろ酔い気分を
それでもって偽りの壁を打ち破り
本当の気持ちが私の魂を捕まえられるようにするの

私に肉体で不朽の詩を歌わせて
厚くてがっしりした肩をください
私は一夜の愛を満杯にしなければならないのです

（『向日葵』）

101 窯

あなたは私に窓がないのを見て
中に愛がないと言う
それはあなたがあまりにも遠くに立っているから
私の近くに寄って
とりあえずあなたの両手を広げ
これらの女工たちのように
ひと筋ひと筋漏れてくる光を頼りに
あなたの心のなかに積んであるレンガを一個ずつ下
ろしてみて

102　菩提樹

（『淡飲洛神花茶的早晨（しずかに洛神花茶を味わう朝）』）

私は酸っぱいものをほしがるようになったので
コーヒーへの愛着を断つことに決めた
風鈴のか細い声をまねて
口ずさんでみる
シューベルトの菩提樹

そっと触ってみる
お腹を蹴れるようになった
九か月の小さな握りこぶし

生れ出た赤ん坊は
春の初め　はっきりした泣き声をあげている
顔つきも詩人の子ども
へその緒は落ちてしまっているけれど
あいかわらず社会の胞衣（えな）*にくっついたまま

訳注

＊　胎児を包んでいる膜と胎盤。

103　水稲不稔症*

（『活的滋味』）

私のお腹のなかにあなたの愛の結晶がないことを嘆
　かないで
なぜってあなたの変わりやすい気分が
私の心のなかの胎児を傷つけたのだから
主人が送り届けてきた流産防止薬では
やっぱり流産した後の私の心は癒せない
私は孕めないように定められている
たとえあなたがまたひと春じゅうベッドで愛してく
　れたとしても

私のお腹のなかにあなたの愛の結晶がないことを嘆
　かないで
私をあなたの四月の情婦にさせてくれないのはあな
　たなのよ

訳注

* 妊娠しない病症。動物の不妊症に対し、主に植物
　について言う。

104
向日葵

（『向日葵』）

夏の小学校の校庭で
あどけない子どものような顔をした向日葵が満開
早朝
彼らは姿勢を正して注目する
東方からゆっくりと昇る太陽に
黄昏
一斉にゆるゆると西に落ちる夕日に
敬礼
礼儀正しい向日葵は
岸辺で讃える花だった
大人になって　ようやく知った
意外なので近づく勇気もない
花粉が放つ毒素に当たると怖いから

いま
片眼を開けて
群れなす黄金の花が
宝の島の肥料の撒かれた大地に咲く姿を観賞し
片眼を閉じて
向日葵の油を食し　向日葵の種を齧りながら
資本家がその経済的価値を宣伝するのを拝聴している

好きなのは
声を抑えてその幼名の歌を歌うこと——
お日さまの花　お日さまの花　どこでも暑ければ暑

いほど元気いっぱいに咲く

どんな声音でこれを讃えたらよいのだろう
SUN FLOWERSと歌う
「ひまわり」[*]と歌う

美しくそして遠くへ届くように歌っていよう
そうすれば　どんな事故も起きるはずがない

訳注
＊「ひまわり」は原語も日本語。

詩集

『活的滋味（生きることの味わい）』

より

105
心

日記は少しも安全ではない
第三者の目に触れるかもしれない
引き出しがとつぜん半開きになるかもしれない
死ぬ前に燃やすのが間に合わないかもしれない
日記は少しも安全ではない
心は　日記にうってつけの鍵ではないだろうか
私に何人の愛人が閉じ込められているか誰にも分か
　らない
私が何人の愛人を連れて行こうとしているかも誰に
　も分からない

106
牛

怒鳴るのはワタシたちの言語ではありません
藤のつるはワタシの筋肉を震え上がらせるだけです
ご主人さま
どうかあなた様の器用な腕の力と
熟練した農耕技術によって
そっと引っぱってください
ワタシの鼻先に結びつけられている手綱を

107
塩

海とうららかな太陽とが
激しく狂おしい恋をして
ひそかに愛の結晶を作りあげた

108
同心円

ひと粒の石ころを
水面に投げ入れる
さざ波が穏やかに自信に満ちて広がる
もうひと粒投げ入れる

異なる位置に
別の波紋が起こる

同心ではない　二つの円が
湖のなかで綻ばせる二輪の

波の花
一つは互いは全く自由だとばかりに大波を立てる
一つは互いに相手を尊重するとばかりにゆらめく
波の花

ワタシは投げ入れたその石
同心ではない湖の底で　沈黙している

109　客引き運転手

あなたの顔を見たことがあるような気がしたから
あなたの車に乗ったの
繁華街の十字路で
あなたは私を下ろして
こう言った
すぐ近くだよ

通行人の落とした影を無数に通り越した
いくつもの寂しげな信号を通り越した
あの男が指し示した場所を通り越した

心は　とうに疲労困憊するくらい長い通りを歩いて
　いる
長い長い道を歩いたあとで
私はそっとハイヒールのほこりをはじいた
けれど拭いきれないのは
あなたが私の心に乗り入れて
巻き上げた無念の埃

110 放生

手のひらに悲しみ憐れみのしわがある
痩せて弱々しいピラニア
そのために生きる機会を得た
小さな湖には受け入れる度量がある

自らを卑下するピラニアは
異種族の作るさざ波が
自分よりも大きくて丸いのが羨ましい
そして自分のさざ波に
ちょっと色を付けたいと思った

痩せて弱々しい釣り竿を

内陸の河川と湖沼のすべてが
緋色に染まり
罪悪の渦が繁栄して
一種類の魚しか住めなくなったとき

廉価な慈悲で売られた
手が
夜な夜な湖沼に近寄って
釣りをする　失った尊厳を

永遠の命を得たピラニアは
広々とした水域の暗いところに潜ってセックスをし
　　ながら
あざ笑う
中空でぽかんとしているあの

111 エレベーター

エレベーターに足を踏み入れると
たっぷり感じるのは人々の
視覚的な身体
聴覚的な身体
呼吸する身体
それらと私の身体が親密に接触していること

けれども
親密エリアの目は
　止まった時計の振り子のよう
　それぞれ修理不足の顔に掛かっている
親密エリアの耳は
　いかめしい尖兵のよう
　自分の左右にかしこまって立っている
友情の欠けた鼻も
　占拠している
　親密エリアのわずかの空間を

私の身体は
混みあう仮面の森に移植されている
右枝でしっかりハンドバックを握り
左枝でちょっとスカートの端をつまんで
黙々と祈る
エレベーターよ早くして

112　ラジコン飛行機

その　絶えまなく広場の四隅を超え
群衆の頭上にある
模型飛行機　まとわりついたり転がったりして翻弄
　していい る
群衆の首は凝って痛む空を見あげ
感嘆の声をあげる
それは　こういう熱烈な応援と叫び声が死ぬほど好き
まるで処女の初夜の叫び声を聴いているようだ
無鉄砲に方向を失い

模型飛行機は猛然と草むらに突っ込んだ
残骸は煙をあげて息も絶え絶え
人々のかすかな呻きが聞こえる
皆さん　失神でもしたのですか？
早くその仮想の現場から離れ
意識を取り戻して
あなた方に密接している広場の周りに着陸させなさい
広場の一角に
あなた方が知らねばならない真相があるのです
最初から終わりまで
あなた方の情緒をふいに上げたり下げたり
コントロールしていたのはあの人

113　叶えがたい夢

塩水渓*
この紺碧の小ベッドに
小さな月が掛かり
私の激情を揺り動かす
私は喜んで参加して
私たちの両岸の愛を提供しよう
その共に夢見るベッドに

けれどあなたは無粋にも夜の潮が引くのを待っている
あなたの両の瞳はいつもあの温かな小さな灯りを避けている
私たちのあの愉快な真実の夢を演じるのを避けている
それで私は軽々しくあなたの幼名を呼ぶ勇気もない
しできもしない

私たちの孤独な幼名は
ただこの静寂な心地よい時刻においてのみ
ベッドによって深く記憶される
いかんせんあなたの太く浅黒い腕は
あなたの多毛な土地に自己陶酔することに慣れていて
両岸のあいだに自分の身体を丸めて横たわり勝手に
夢を見ている

同じような夜
同じような青
同じようなベッド

二種類の寝姿
二種類の夢

私は仕方なく恥ずかしい裸の姿で
私の体温を必要としている土地に口づけし
夜の明ける前に
それがどのように愛撫するのかに任せる
叶えがたい愛を

訳注
＊　かつては新港渓と呼ばれた台南市内を流れる川。

訳者あとがき

池上貞子

本詩集は、台湾の客家の女性詩人利玉芳（り・ぎょくほう。Li Yufang。リ・ユィファン。一九五七年、屏東生まれ）の、一九七〇年代から二〇一〇年代まで、およそ四十年間におよぶ詩作の中から代表的な詩篇を選んで構成されている。具体的には、すでに出版された詩集『活的滋味（生きることの味わい）』（笠詩刊社、一九八九）、『淡飲洛神花茶的早晨（しずかに洛新花茶を味わう朝）』（台南県文化局、二〇〇〇）、『夢会転彎（夢はうつろう）』（台南県政府、二〇一〇）、『利玉芳詩集』（国立台湾文学館、二〇一〇）、『燈籠花』（醸出版、二〇一六）から選ばれた一一三篇である。作者にはこの五冊のほかに『猫』（笠詩刊社、一九九一）『向日葵』（台南県立文化中心、一九九六）、さらに二〇一八年出版の新詩集などがあるが、作品の重複も少なくない。

利玉芳の詩の特徴はいくつかあげられようが、もちろんこのシリーズに冠されているように、彼女が「客家」であることの意味は大きい。しかし、彼女は最初からそのことを念頭に／強調して詩作を行なっていたのではないようだ。第一詩集『活的滋味』にとられた作品の多くは、日常生活の断片を女性目線で捉え、素直に憶することなく自己の感情や思想を表出している。「猫」「嫁ぐ」一・二や「心」、「ラジコン飛行機」など、細やかさと大胆さ、素朴さと機知などが混在している。むしろ女性意識が強く、初期の作品にはその傾向が強い。

一九七八年に本省人を中心とする詩社『笠』に参加して以来、一貫して『笠』を中心に活動を続けている。多くの先達たちの薫陶を受けたと思われるが、特に杜潘芳格女史（一九二七～二〇一六）の存在は大きかったのではないかと思う。一九九八年には杜潘女史の主宰する「女鯨詩社」に加入し、発行誌に作品を掲載している。名望家出自の杜潘芳格のおおらかな詩風に織り込まれた女性の細やかな感性や視点を、利玉芳は自身の庶民感覚の土に混ぜ合わせて、たくましさ、忍耐強さ、大胆さを彫塑して見せているとも言えよう。

『笠』の同人として当然「台湾意識」を強くもつようになり、外国を含む旅行の感慨を綴る一方で、自身の日常生活の周辺の環境に対しても関心を強めるようになった。それは歴史や政治、環境保護に関わるものとして作品化されている。「台湾最南点」「倒風内海」「西部からきた女」「乾杯！　台湾――故郷の姉妹たちに」など枚挙にいとまない。

そしてさらに自己のアイデンティティを念頭に置いた「客家」をテーマとする作品もある。ちなみに自身も客家であった胡文虎（一八八三～一九五四。華僑の実業家。タイガーバームの開発者）は、「客家の特色」として「刻苦耐労、剛健弘毅、創業勤勉、団結奮闘」の四つの精神をあげているが（高木桂蔵『客家』講談社現代新書、一九九一）、纏足する習慣のなかった客家の女性たちが非常に働き者で、忍耐強く、聡明賢明でありながらあまり表に出さないということはよく言われる。訳者は翻訳作業の過程で利玉芳さんに直接会って話したり、メールを交換したりしたが、彼女の言動にはなるほどと思わされることが多かった。

彼女は実生活のなかでも子供たちの教育、とりわけ環境保護教育などに力をいれているが、それらは児童詩や客家語詩として作品化されている。今回、収録した中では、77「桐の花の雨」78「センダンの小枝に花がいっぱい」52「最後の藍色の上着」53「大水」54「積み藁」55「煙がもうもう」56「へいちゃら」などである。これらはもともと客家語で書かれていたが、訳者が客家語を解さないため、作者自ら「国語」訳をしてくださった。この企画のテーマである「客家文学」の趣旨からすれば、直接翻訳できることが理想であったのだが。

ところで、訳者がはじめて利玉芳さんと知り合ったのは、一九九五年に日月潭で開催されたアジア詩人会議の場であった。自分が参加するに至った詳しい経緯は忘れたが、知人を通じて、『笠』の代表的存在である陳千武氏（一九二二～二〇一二）からのお声掛けだったと思う。訳者はその頃までに三冊の詩集を出していたとはいえ、いずれもすこぶる個人的なもので、自分が詩人であるという意識はなかった。「詩人会議」と聞いてかなり躊躇したが、会議自体に対する好奇心に加え、一九六七年に初めての台湾旅行で訪れた日月潭を再訪してみたいという想いに勝てなかった。

会議には、韓国、日本、アメリカなどの詩人や関係者たち多数が一堂に会し、和やかな楽しい雰囲気で盛り上がった。それぞれの自作詩の朗読はすばらしく、なかでも管管（一九二九～　）のパフォーマンスや客家の民族衣装を着て朗読した杜潘芳格女史の堂々とした姿は印象的であった。女史は日本語時代から詩作をしていた大御所的存在で、会場でもたもたしている訳者等を誘って、女性詩人たちの交流の場をつくってくださった。寡黙な利玉芳さんとは、そのような中で言葉を交わすようになった。その時、日台の女性数人で撮ったスナップ写真が今でも残っている。訳者はこれを機に『笠』詩社の詩人たちとの交流が始まり、その後かなり長いあいだ、雑誌の購読を続け、また個別の方に台北でお会いしたりした。

この度、四半世紀を経て利玉芳さんの詩集を翻訳する機会を得たことを非常に嬉しく幸運に思う。訳者はこれまで焦桐、席慕蓉、杜国清、夏宇ら台湾の詩人の作品を翻訳したが、その度に詩人の人柄や人生を、時には自らの人生に投影させながら作業を進め、いつも多くのことを得てきた。今回も例外でなかった。ただ、翻訳出版のプロセスに関わるシステムは、訳者にとっては初めての、かなり特異な経験で、戸惑うものであった。訳稿は定期的に一定の分量を提出することが要求され、審査委員会に託してチェックがなされた。これは誤訳を少しでも減らすには有益であったと思うが、一方では自分のペースが取れずに苦労した。また作品の翻訳終了時まで出版社が明らかにされず、相互作業が不可能だったのは、何とも不可解であった。もともとこうした営為は、編集者と原作者および訳者との共同事業だと考えるからだ。今回はあらかじめナンバリングされた詩の原文を提供されただけで、詩集としての全体のコンセプトがつかめず、何だか翻訳機械になったような気がした。

というわけで、詩集を翻訳出版するという意味での達成感は微妙だが、詩の一篇一篇については、詩人本人や日本語の堪能な台湾の研究者などの協力を得て、かなり誠実に事に当たることができたと思う。特に、利玉芳女史が、詩の背景を理解するために詩人の生活している土地を訪れたいという私の希望を快く受け入れ、生まれ故郷の屏東一帯や現在生活されている台南付近を自ら案内してくださったことは、訳者冥利につき、有難かった。詩に扱われている事物に対し、ほんの一部であるにせよ、自分で見て聞いて感じることができた。また少しだけではあるが、女史が地域の児童教育ボランティア活動を行なっている場に参加して、詩人／作者の日常生活レベルの感覚のあり様が垣間見えたことは大きな収穫であった。作者と翻訳者という立場を越えた交流が、いくらかでもできたのは今回の一番の成果だと思う。

最後にこのような貴重な体験の機会を与えてくだ

さった客家委員会と、仲介の労を取ってくださった林水福教授、そして煩雑な事務処理を担当された廖詩文文藻外語大学教授に、心より感謝申し上げる。

利玉芳年譜

池上貞子

一九五二年
屏東内埔和興村牛埔下庄に生まれる。
一九六九年
緑莎のペンネームで『中国婦女週刊』にエッセイ「村落已寂寞」を発表。
一九七一年
高雄高商卒業。
一九七二年
台南県下営郷の顔壽何と結婚。台南県の公立小学校の代用教員。
一九七三年
長女を出産。下営郷の複数の小学校で代用教員。
一九七五年
長男を出産。

一九七八年
塩分地帯文芸キャンプに参加し、笠詩社に加入。『笠』に詩を発表し始める。王建裕と共著のエッセイ集『心香瓣瓣』を台南龍輝出版より出版。
一九七九年
第三子を出産。
一九八七年
「猫」により呉濁流新詩賞を受賞。台湾ペンクラブに加入。
一九八八年
児童文学『小園丁』を台南県新営市児童芸文研究センターより出版。
一九八九年
二月、詩集『活的滋味（生きることの味わい）』を笠詩刊社より出版。
一九九〇年
『女人味―女作家聯手執筆』を派色文化より出版。
一九九一年
二月、詩選集『猫』を笠詩刊社より出版。

一九九三年
『猫』により第二回陳秀喜賞受賞。
一九九五年
台湾ペンクラブ理事に就任。『台湾文学選』の詩の部分の主選者。
一九九六年
六月、詩集『向日葵』を台南県立文化センターより出版。
一九九七年
三月、韓国「国立芸術画廊」（ソウル）第一回東アジア詩書展に参加。
一九九八年
女鯨詩社に加入。
一九九九年
児童郷土教材『我家在下営』および『楊逵――圧不扁的玫瑰』を台南県文化局より出版。
台湾現代詩人協会理事に当選。
白鶩生態教学園区を設立。
二〇〇〇年
十二月、詩集『淡飲洛神花茶的早晨（しずかに洛神花茶を味わう朝）』を台南県文化局より出版。
台南県文化局の派遣により下営郷の子どもたちのために物語をする。第二十二回塩分地帯文芸キャンプ駐在作家（詩グループ）。
六月、児童文学『聴故事遊下営』を教育部児童読物出版資金管理委員会より出版。
二〇〇三年
自作が行政院客家委員会「客家文学デジタル資料庫」に選出収録される。
二〇〇四年
地域と学校連携の戸外講師。
二〇〇五年
七月、多くの詩人たちと共にモンゴルに赴き、台湾モンゴル詩歌祭に参加。
二〇〇六年
九月、真理大学麻豆分校台湾文学系現代詩鑑賞分析講師。
二〇〇七年
新化マザーグース教師文学キャンプ現代詩講座。

二〇〇八年

五月、廖末喜舞踊劇団にて文学指導。

二〇〇九年

十一月、成功大學台灣文學系研究所講座「前衛的斗笠—笠詩社對話系列」

二〇一〇年

HakkaTVによる客家女性詩人独占インタビュー。

「濛紗煙（煙がもうもう）」と「膽膽大（へいちゃら）」の手稿を國立台灣文學館に寄贈。

陳麗珠の修士論文執筆のため、幼年期、青春期、結婚後にわたる創作体験についてインタビューを受ける。

台北大学、「土地与関懐」の授業で講義。タイトルは「土地的背景」。

七月台南敏惠看護専門学校の「創作与経験」の授業で講義。タイトルは「詩中的身体言語」。

二〇一一年

十月、陳慕貞による独占インタビュー「女性、霊感、客家語」、『台灣文學館通訊 No:33』に掲載。

二〇一二年

詩文「六堆義民」を書き、李喬の小説『散靈記』に所収。

詩「一顆心的重量（ひと粒の心の重み）」が、草屯國立台灣工藝研究發展センター入口のマルチチャネル・インスタレーションに。

二〇一四年

チリ詩歌祭に参加。団長は詩人の李魁賢。

『笠』五〇周年記念南部講座：文学サロン

曾滿堂の修士論文、『當代客家詩人作品中的花卉意象研究』の研究対象となる。

二〇一五年

五月、東京・北海道旅行。

鳳凰城フォルモサ國際詩歌祭に出席。

十月、スペイン・ポルトガル旅行。

「稈棚（積み藁）」が、國立台灣文學館の塀の陶板になり、屏東竹田駅にランド・アートとして設置される。

葉石濤文學記念館にて講演。タイトルは「〈我們在惡地形的旅途上〉およびその他の詩作について」

四月、クルーズ船にて基隆港を出発し、福岡、長崎を訪問。

二〇一六年

詩集『燈籠花』を釀出版より出版。

府城竹墨青年文芸賞「新詩類」審査員。

第五回台中文学賞審査員。

第七回台南文学賞「青少年組新詩」審査員。

詩作「瓦窯」、台中文学館母語文学推奨。

淡水のフォルモサ國際詩歌祭に出席。

七月〈賀建団仔故事繪本〉小學指導。

二〇一七年

五月、ペルー詩歌祭に参加。詩人の李魁賢団長。

デンマーク、ノルウェイ、アイスランド、フィンランド、スウェーデン北欧五か国訪問。

九月、淡水のフォルモサ國際詩歌祭に出席。

台北市客家図書オーディオセンターにて、利玉芳『獵霧記』作品の閲読と討論（「笠」友の会主催）

下營区キリスト教会、海墘キャンプでの児童詩の授業担当。

九月、客家傑出成就賞（言語・歴史・文学部門）受賞。

客家音樂歌舞劇「天光」に客家語の詩作が部分採用され、振り付けされる。

二〇一八年

詩集『放生』、秀威より出版。

中英スペイン三語詩集『島嶼的航行』（英訳顔雪花、スペイン語訳簡瑞玲）、秀威出版。

利玉芳（り・ぎょくほう）

1952年、屏東県内埔郷生まれ。客家人の村で育ち、台南下営へ嫁いだ。詩のサークル『笠』、『文学台湾』会員。客家人女性詩人として台湾で高く評価されている。これまで小学校代理教員、ラジオの子供向け番組のための詩の執筆、大学講師などを務めた。また地方の文芸コンテスト審査員、「年度詩作」選考委員などを歴任している。1986年に呉濁流文学賞、1993年に陳秀喜詩賞、2016年に栄後台湾詩賞、2017年には客家傑出成就賞（言語・歴史・文学部門）を受賞。以前は「緑莎」というペンネームで散文集『心香瓣瓣（心のひだ）』を発表、現在は本名で多くの詩作を発表している。当初は中国語で散文など小品を執筆していたが、結婚後に現代詩にふれ、台湾語を学んだ。作品には詩人のまなざしがあふれ、多くの言語や多文化的な人生経験を通じ、世界各地へ旅行した際の景色や文化、世間のことなどを感動的な言葉で表現している。その言語は客家語、台湾語、中国語などを用い、繊細な情感を紡ぎ出す。客家語の詩の要素の多くは、幼い頃に暮らした文化や景色のイメージから来ており、「嫁」、「稈棚」、「還福」、「濛紗煙」、「最後的藍布衫」などの作品がある。児童文学の作品がいくつかあるほか、『活的滋味（生きることの味わい）』、『猫』（中国語・英語・日本語）、『向日葵』、『淡飲洛神花茶的早晨』、『夢会転彎』、『台湾詩人選集—利玉芳集』、『燈籠花』、『島嶼的航行』（中国語・英語・スペイン語）、『放生』などの詩集がある。

池上貞子（いけがみ・さだこ）

1947年埼玉県生まれ。跡見学園女子大学名誉教授。詩集に、『黄の攪乱』、『ひとのいる情景』（以上、詩学社）、『同班同学』（リーベル出版）。著書に、『張愛玲——愛と生と文学』（東方書店）。主な訳書に、張愛玲『傾城の恋』（平凡社）、朱天文『荒人手記』（国書刊行会）、齊邦媛『巨流河』（共訳、作品社）、焦桐『完全強壮レシピ』、席慕蓉『契丹のバラ』、也斯『アジアの味』、杜国清『ギリシャ神弦曲』、夏宇『時間は水銀のごとく地に落ちる』（以上、思潮社）など。

利玉芳詩選(りぎょくほうしせん)

客家文学的珠玉 4

2018年6月20日初版印刷
2018年6月30日初版発行

著者　利玉芳
訳者　池上貞子
発行者　飯島徹
発行所　未知谷
東京都千代田区神田猿楽町2丁目5-9　〒101-0064
Tel. 03-5281-3751 / Fax. 03-5281-3752
［振替］ 00130-4-653627
組版　柏木薫
印刷所　ディグ
製本所　難波製本

Publisher Michitani Co. Ltd., Tokyo
Printed in Japan
ISBN978-4-89642-564-2　C0398

客家文学的珠玉 1

ゲーテ激情の書

鍾肇政　永井江理子 訳

「台湾文学の母」と尊称される著者が敬愛する、ドイツの詩人ゲーテの少年期から老年に至る親密で激烈で純真な永遠の女性像を描く、読む者の胸を熱くするラブストーリー。

144頁1600円

客家文学的珠玉 2

藍彩霞の春

李喬　明田川聡士 訳

小説家であり評論家でもある著者の理論「反抗の哲学」を物語化した大作。少女売春を描き、最後に恃み得るのは自分自身でしかないと強く主張。

368頁2800円

客家文学的珠玉 3

曾貴海詩選

曾貴海　横路啓子 訳

医師であり、文学雑誌『文学界』『台湾文学』を創刊した詩人であり、環境保護を訴える社会運動家である著者の現代詩と客家詩の中から、代表的な作品を十余の詩集から厳選網羅。

208頁2000円